Mord im Ort
Volle Pulle für Pullstedt
Nicole Morich

AF192306

Über die Autorin

Nicole Morich, Jahrgang «Ich-habe-das Handy-immer-tonlos», kennt sich als Rechtsanwaltsfachangestellte und Personalreferentin sowohl mit Verbrechen als auch mit besonderen Persönlichkeiten aus. Auch in ihren Büchern ist jede Figur besonders - manchmal auch besonders anstrengend. Mit viel Humor werden die Helden des Alltags (und auch die Schur-ken) liebevoll auf die Seiten gebracht, ohne dabei die Spannung zu vernachlässigen. Nicole Morich ist Erziehungsberechtigte eines dreibeinigen Hamsters und wohnt am Rande des niedersächsischen Harzes, unweit des schönen Nationalparks Harz.

Nicole Morich

Mord im Ort

Ein Harz-Krimi

3. Auflage

Impressum

Personen und Handlung sind frei erfunden. Ähnlichkeiten mit lebenden oder toten Personen sind rein zufällig und nicht beabsichtigt.

Bibliografische Information der Deutschen Nationalbibliothek: Die Deutsche Nationalbibliothek verzeichnet diese Publikation in der Deutschen Nationalbibliografie; detaillierte bibliografische Daten sind im Internet über http://dnb.dnb.de abrufbar.

Flaschendesign Open Source via Freepik.com

Umschlaggestaltung Open Source via Canva.com

© 2021 Nicole Morich

3. Auflage 2024

Nicole Morich

c/o easy-shop, Kathrin Mothes, Schloßstr. 20, 06869 Coswig (Anhalt)
Verlag: BoD • Books on Demand GmbH, In de Tarpen 42, 22848 Norderstedt
Druck: Libri Plureos GmbH, Friedensallee 273, 22763 Hamburg
ISBN: 978-3-7597-7561-0

EINS

Ein neuer Anfang, dachte der Mann und sog tief die kühle, ländliche Herbstluft ein. Langsam ging er zu dem gemieteten Umzugswagen und nahm einen Karton von der Ladefläche.

Natürlich war es nicht die Stadt, wer kannte schon Pullstedt? Pullstedt. Er musste im Internet suchen, um zu wissen, wo es sich befand. Sein erstes Suchergebnis war der Slogan »Volle Pulle für Pullstedt«. Stirnrunzelnd erkannte er, dass es sich dabei um einen Universalslogan handelte: Einmal verwendeten ihn die Bewohner von Pullstedt, als sie eine Umgehungsstraße forderten, obwohl es gar keinen Durchgangsverkehr gab. Ein anderes Mal, als ein Micha Lüdermann in der Lokalpresse kundgab, dass die Bierflaschen, die nach Pullstedt ausgeliefert wurden, nicht exakt abgefüllt worden waren. Sie demonstrierten vor dem Rathaus der Gemeinde und der örtlichen Gaststätte und drohten mit Boykott der Biermarke. Schönbohm musste nicht lange überlegen um zu wissen, dass er dort weder arbeiten konnte, noch wollte.

»Es wimmelt dort von neurotischen, exzentrischen Streitsüchtigen! Außerdem gibt es dort kein Dezernat für mich. Ich bin Kriminalhauptkommissar!«

»Herr Schönbohm«, sagte sein Vorgesetzter überheblich lächelnd und faltete die Hände vor sich auf dem Tisch zusammen. »Sie wollten doch immer an die gute, saubere Luft. Ein bisschen ruhiger treten, nicht?«

»Nein!« Marco Schönbohm schüttelte heftig den Kopf. »Nein, das wollte ich nicht.«

»Da ist politischer Druck hinter, mein lieber Schönbohm. Es führt kein Weg daran vorbei. Die Stelle des Dienststellenleiters ist nicht dringend, sondern dringendst ab sofort zu besetzen. Der DSL dort ist im wahrsten Sinne des Wortes tot vom Stuhl gefallen. Jetzt hält ein kleiner PM die Stellung. Der wurde ja gerade erst von der Mutter entwöhnt. Da muss einer hin, der sich auskennt und Führungsqualitäten hat.« Er hob zweimal die buschigen Augenbrauen.

»Der ist doch garantiert vor Langeweile gestorben! Was für ein politischer Druck soll denn bitte dahinterstehen? Es ist ein Ort namens Pullstedt, verdammt nochmal!« Fassungslos und verzweifelt warf er die Hände über den Kopf.

»Sehen Sie zu, dass Sie Land gewinnen, Schönbohm! Gehen Sie zu meiner Sekretärin, wir haben schon verschiedene Wohnmöglichkeiten für Sie herausgesucht. Dann können Sie schneller mit der Arbeit anfangen.« Mit einem Blick gab er ihm zu verstehen, dass das Gespräch beendet war.

Marco Schönbohm bezweifelte den politischen Druck. Denn Pullstedt klang nicht gerade wie ein hochkrimineller Sumpf. Der »politische Druck« war vielmehr etwas Persönliches. Und alles nur, weil Schönbohm einmal einen Fehler begangen hatte.

Aber niemand hatte den Anstand, etwas zu sagen. Und tatsächlich stand auch für seinen Chef etwas auf dem Spiel.

Er will mich mundtot machen, sagte sich Schönbohm mit einem Hauch von Paranoia.

Seine Verlobte, Kala, war zunächst skeptisch. Sie musste ihre Arbeit bei einem Bestatter aufgeben. »Aber gestorben wird ja immer und überall«, hatte sie lachend gesagt und sich sofort auf die Immobilienseiten im Internet gestürzt. Es dauerte nicht lange und sie hatte sich in ein kleines rotes Backsteinhaus verliebt. Ein bisschen runtergekommen, aber mit viel Charme und Potenzial.

Im Dezernat wurde getuschelt, was wohl vorgefallen sein könnte und selbst Kala hatte er nur von dem politischen Druck erzählt. Das klang weitaus besser als die peinliche Wahrheit.

Krachend fiel ihm der Karton aus den Händen als er über einen leicht erhöhten Pflasterstein stolperte.

»Oh nein, das Geschirr«, rief Kala und lief zu Schönbohm, der sich neben den Umzugskarton auf den Boden gekniet hatte.

»Scheiße«, knurrte er zwischen zusammengebissenen Zähnen hervor.

»Hast du dir weh getan?« fragte sie und betrachtete seine Hände.

»Der Karton ist nur eingerissen. Mir ist nichts passiert. Unserem Geschirr allerdings schon.« Er kniff ein Auge zu als die Sonne hinter einer Wolke hervorkam und ihn blendete.

»Können wir helfen?«

Die Beiden drehten sich um. Ein älteres Ehepaar stand ihnen gegenüber.

»Nein, vielen Dank! Unserem Geschirr ist nicht mehr zu helfen«, lachte Schönbohm und versuchte, die peinliche Situation herunterzuspielen.

»Ja, das haben wir gehört. So etwas ist uns damals auch passiert, als wir umgezogen sind. Weißt du noch?« Die alte Dame hatte ihren linken Arm bei ihrem Mann eingehakt und berührte ihn nun mit der rechten Hand am Arm. Ein Lachen überzog ihr Gesicht und sie neigte ihren Kopf in seine Richtung. Der Mann senkte verschämt den Kopf und tätschelte die Hand seiner Frau.

»Aber immerhin konnten wir in den letzten sechzig Jahren neues Geschirr kaufen.« Er machte einen kleinen Schritt vorwärts und streckte die Hand zum Gruß aus.

»Helmut Bendig, diese wunderschöne Person ist meine Frau Ina.«

»Marco Schönbohm, freut mich!« Er griff die ihm angebotene Hand und schüttelte sie vorsichtig als er bemerkte, wie zerbrechlich der Mann war.

»Kala Goraya«, stellte sich die junge Frau vor und streckte ihre Hand ebenfalls aus. Helmut Bendig ergriff die Hand und hielt kurz inne. »Woher kommen Sie, wenn ich fragen darf?«

»Hannover.« Kala zog eine Grimasse.

»Mein Mann hat es nicht so gemeint. Er meinte, die Heimat ihrer Familie und deren Vorfahren. Richtig, Helmut?«

Die junge Frau schüttelte den Kopf. »Kein Problem. Indien. Meine Familie stammt aus Indien.«

»Wir waren nie in Indien.« Der Blick des alten Mannes war sehnsüchtig in die Ferne gerichtet.

»Wir waren noch nie irgendwo. Wir waren immer nur hier in der Gemeinde.«

»Ja, das stimmt. Wegen der Hühner.«

Ina Bendig lachte fröhlich und ein Windhauch ließ den Rock ihres bunt geblümten Kleides um ihre dünnen Beine schwingen.

»Wir haben doch gar keine Hühner. Du kannst es einfach nur nicht ertragen, wenn du nicht mehr die Spitze des Kirchturms siehst.«

Er machte eine verlegene Geste und wechselte das Thema. »Sie ziehen in das Haus vom alten Stemer?«

Kala und Marco sahen sich an. »Tatsächlich wissen wir nicht, wem das Haus vorher gehört hat. Wir haben es über einen Makler gekauft.«

»Diese Makler machen sich hier breit«, Helmut schnaufte verächtlich. »Früher wollten alle in die Stadt, jetzt kommen sie zurück und treiben die Preise in die Höhe.«

Ina stieß ihm den Ellenbogen in die Seite. »Du sollst dich nicht aufregen!«

Als Antwort tätschelte er liebevoll ihre Hand.

Wieder zog Kala eine Grimasse und schob sich eine Haarsträhne hinter das Ohr. »Wir sind ja offensichtlich auch nicht besser.« Entschuldigend zog sie die Schultern hoch.

»Helmut, du trittst aber auch in jeden Fettnapf, den du erwischen kannst!«

»Na, wen haben wir denn da?«

Das ältere Ehepaar drehte sich um und stand einer korpulenten Dame in blauer Kittelschürze gegenüber. Sie hatte die Arme über der Brust verschränkt und hielt ihre Ellenbogen. Ihr Blick ging an den Anwesenden vorbei und richtete sich abfällig auf das kleine Backsteinhaus.

»Wieso das verkauft wurde, ist mir ein Rätsel. Hätte man doch gleich abreißen können. Bombe rein, fertig. Aber wenn man hier jede Bruchbude abreißen würde...« Sie schnalzte mit der Zunge.

Marco, der hörte, wie Kala tief die Luft einsog, griff nach ihrem Arm.

»Wir sind die Neuen hier. Ich bin Marco Schönbohm, das ist meine Verlobte, Kala Goraya.«

»Berta Rehstock-Rosenstein, angenehm.« Sie nickte mehrfach angedeutet und ihre graue Kurzhaarfrisur wippte auf und ab. Ihr Händedruck war fest. »Haben Sie von dem Maklerbüro Hülsebusch gekauft? Dann machen Sie sich gleich auf Probleme gefasst. Also ich würde mir so was ja nicht gefallen lassen. Wie die mit den Leuten umgehen. Ja, ja, wäre nicht das erste Mal, dass jemand Probleme mit denen hat und wie ich gehört habe, auch bestimmt nicht das letzte Mal.« Demonstrativ drehte sie sich zu den Bendigs um und tippte ungeduldig mit ihrem Fuß auf den Boden. Das alte Ehepaar reagierte nicht, aber Marco bemerkte, wie sich beide versteiften.

»Wollen Sie das Haus so lassen? Finden Sie das so schön?« Wieder sah sie konsequent an allen vorbei.

»Nun, im Garten muss natürlich etwas gemacht werden. Es ist ganz schön zugewuchert. Drinnen renovieren wir.«

»Und haben Sie Arbeit? Was machen Sie?«

»Ich bin Kriminalhauptkommissar.«

»Und Sie?«, fragte die Rehstock-Rosenstein plötzlich übertrieben laut und langsam. »Putzen Sie?«

»Also, Berta, ich bitte dich!« regte sich Helmut Bendig auf und lief vor Empörung rot an. »Die junge Frau ist Hannoveranerin. Wahrscheinlich spricht sie besser Deutsch als du.«

»Und selbst wenn nicht«, mischte sich seine Frau ruhig ein, »dann wäre sie nicht taub. Es gibt keinen Grund so zu schreien, auch wenn du dich selbst gerne reden hörst.«

Berta Rehstock-Rosenstein nickte wieder mit dem Kopf und erinnerte Marco an einen Wackeldackel.

Kala seufzte. Sie war diese Art von Rassismus schon gewöhnt. »Ich bin Bestattungskauffrau.«

Die Frau in ihrer Kittelschürze stieß ein kurzes Lachen aus. »Dann haben sie ja ihre Kundschaft schon kennengelernt.«

Marco und Kala blickten entsetzt.

»Ich bin gespannt, wann diese Yvonne von dem Hülsebusch Maklerbüro wieder auftaucht«, sagte sie beiläufig. »Ich habe die ja neulich Abend bei dem Rönnecke ums Eck gesehen. Und wie nuttig die wieder aussah mit ihrem kleinen Rock. Die verdient sich bestimmt was dazu.«

Helmut wandte sich Marco und Kala zu. »Leider müssen wir uns nun verabschieden. Es war uns eine Freude, Sie kennenzulernen. Wir freuen uns immer über neue freundliche Gesichter in unserer Gemeinde. Wir wohnen nur ein paar Straßen weiter, das letzte Haus zum Wald raus, Sonneneckstraße 7. Kommen Sie doch vorbei. Es würde uns sehr freuen!« Ina lächelte und nickte dem jungen Paar ermutigend zu, dann ergriff sie Kalas Hände.

»Bitte besuchen Sie uns mal. Es wäre sehr schön!«

»Das machen wir sehr gerne«, sagte Kala und erwiderte das Lächeln der älteren Frau.

Marcos Telefon klingelte. Er blickte auf das Display und seufzte. »Die Arbeit.« Er zuckte mit den Schultern, nahm den Anruf mit einem Fingerdruck entgegen, dann verabschiedete er sich mit einem Winken von den Anwesenden und ging in das Haus.

Berta Rehstock-Rosenstein wartete bis die Bendigs ein paar Meter gegangen waren. Verschwörerisch lehnte sie sich nach vorne. »Diese beiden sind auch sehr speziell. Heute so, morgen so. Kommen nicht mehr zum Kartenspielen am Mittwoch. Und haben keinen Grund genannt. Stellen Sie sich das mal vor.«

Kala hatte sich neben den Karton gehockt und blickte auf die Scherben des Geschirrs, dann sah sie auf. »Vielleicht mögen die Bendigs ihre Privatsphäre und schätzen es nicht, wenn man über sie und ihre Gründe hinter ihrem Rücken spricht.«

Frau Rehstock-Rosenstein holte hörbar Luft, schob die Hände in die Taschen ihrer Kittelschürze, machte ein Hohlkreuz und wippte, das Gewicht abwechselnd auf den Fußballen und Ferse verlagert, auf und ab. »Wer sich in so eine Aura des Geheimnisvollen hüllt, muss sich doch gar nicht wundern, wenn die Leute reden, nicht? Wenn die Leute hier ins Spekulieren kommen, dann, na, dann kommen vielleicht komische Sachen dabei heraus.« Sie verlagerte das Gewicht auf ihre Ferse, hielt die Position auffällig lange, wippte dann umso schneller nach vorne und sah grüblerisch in die Ferne. Die traditionellen harzer Fichten und Laubbäume auf den entfernten Hügeln sahen vor dem blauen Himmel aus wie grüne Wellen auf einer Leinwand.

»Dann gibt man wahrscheinlich besser keinen Grund an, um den Spekulationen vorzubeugen.«

»Ach«, verwarf die ältere Dame, »Sie haben ja keine Vorstellung davon, wie viele Tratschmäuler es hier gibt. Schlimm ist das.«

Als Marco aus der Haustür trat, blickte Kala auf. »Tut mir leid, ich muss los.« Er hockte sich zu ihr.

»Kundschaft?«

Er nickte und küsste sie zum Abschied. »Kommst du hier alleine klar? Lass die schweren Kisten im Wagen, ich trage sie später rein, okay?«

Die Rehstock-Rosenstein wurde unruhig. »Etwas Wichtiges? Ein Einbruch? Diebstahl?«

»Nein, Mord.«

Kriminalhauptkommissar Schönbohm parkte sein Fahrzeug auf dem Grundstück eines alten Bauernhofs. Die Herbstsonne ging langsam hinter dem Giebel eines Hauses unter und tauchte die weiß gekalkte Fachwerkfassade in orange-goldenes Licht. Rauch stieg aus den Schornsteinen der Nachbarhäuser.

Drei weitere Fahrzeuge standen bereits auf dem Hof.

Mit langen Schritten kam ein dunkelhaariger Mann in Polizeiuniform auf ihn zu.

»Sorry, dass wir Sie schon heute hergerufen haben. Ich dachte, so sind Sie gleich mit dabei. Ich bin übrigens Lasse. Lasse Weber.«

Die Männer gaben sich die Hände.

»Kein Problem«, erwiderte Marco. »So ist es schon richtig. Dann muss ich mich nicht einlesen. Passt. Was ist das?« Er deutete auf auf zwei weiße Flecke auf der linken Schulter des jungen Mannes. Dieser verdrehte genervt die Augen.

»Das ist Vogelscheiße. Die Zwei haben mich voll erwischt.«

»Gleich zwei?« Schönbohm war ehrlich erstaunt.

Sein Kollege nickte. »Ja, das ist mein Glück. Ich habe es nicht so mit Tieren. Genau genommen, ich liebe Tiere, aber die scheinen mich nicht zu mögen.«

»Ah, okay«, antwortete Schönbohm leicht irritiert und wechselte dann schnell das Thema. »Ist die Leiche noch hier?«

»Ja. Ich habe darauf bestanden, dass nichts verändert wird, bis Sie hier sind. Ein paar Leute sind jetzt ziemlich sauer auf mich, aber ich dachte, mit dem neuen Kollegen will ich es mir nicht sofort verscherzen, also verärgere ich lieber die Alteingesessenen.« Er lachte jungenhaft. »Kommen Sie mit, ich zeige es Ihnen.«

»Was wissen Sie schon?« fragte Marco, der ihm über den Hof folgte. Seitlich schob er sich an der rauen Wand eines Nebengebäudes entlang. »Gut, dass ich Diät gemacht habe.«

»Ja, es gibt noch einen anderen Weg nach hinten. Sonst würden sie die Leiche hier nicht weggeschafft kriegen.«

»Und durch die Haustür, nehme ich mal stark an.«

»Richtig. Aber das ist der kürzeste Weg.«

Marco nickte bedächtig und fand sich dann zwischen alten Bauernapfelbäumen wieder. Er machte eine Himbeerhecke aus, die den Garten abteilte.

»Wir sind gleich da.« Lasse Weber war knapp 1,95m groß und sein Gang war zügig. »Der Tote war der neue Eigentümer des Grundstücks. Die Familie ist bereits informiert. Hier sollten viele Bauarbeiten stattfinden, daher wohnt die Ehefrau noch nicht hier.« Er deutete auf ein weiteres Baugerüst an der Hauswand.

Links von ihnen hatte sich ein großes Beet befunden. Im Schatten des Hauses konnte Schönbohm einen Haufen mit Sträuchern, Unkraut und Pflanzen entdecken. Er kannte sich nicht sonderlich gut mit Blumen aus, er erkannte aber Rosen und das tränende Herz. Der Weg zwischen den beiden Gebäuden war durch jahrelange Benutzung festgelaufen, jetzt im Garten gingen sie auf alten schweren Steinplatten, die vor vielen Jahren einmal verlegt worden waren. Aber die

Platten waren nicht nur als Weg gedacht, sondern die Wege unterteilten den weitläufigen Bauerngarten auch in verschiedene Zonen. Blumen waren durch den Weg getrennt von den Apfelbäumen, die am Rande einer Parzelle mit Kartoffelpflanzen standen. Er konnte einen gepflasterten Platz an der Hintertür ausmachen, wo sich ein Brunnen befand. Von dort ging der Weg in einer kreuzähnlichen Form weiter. Die herausgerissenen Blumen an der Hauswand, an der Terrasse zwei Kirschbäume, direkt daran vorbei ein Weg, zu dessen anderer Seite Beerensträucher standen: Stachelbeeren, Johannisbeeren und ein wenig versetzt kam die Himbeerhecke, dahinter Erdboden und ein kleiner Bagger.

»Bald werden wir hier extra Beleuchtung benötigen.« Schönbohm nickte in Richtung der beleuchteten Terrasse. »Das wird beileibe nicht reichen.«

»Wir haben hier leider nur Taschenlampen. Die Spurensicherung hat ein bisschen größere Lampen. Immerhin.« Weber lachte unsicher.

»Ja, der Tat.« Er seufzte. Just in diesem Moment erhellten sich die Sträucher. Hinter mehreren Stachelbeerbüschen konnte er Beine und Füße sehen.

»Da ist er.« Lasse Weber drehte sich um und strahlte seinen neuen Dienststellenleiter an, als würde er ihm auf einer Messe die neuesten Entwicklungen präsentieren. In Schutzkleidung gehüllte Personen standen um den leblosen Körper herum. Marco Schönbohm begrüßte sie.

»Wurde aber auch Zeit. Können wir dann endlich?« brummte es unter einer Kapuze hervor.

»Wurde aber auch Zeit?« echote Schönbohm. »Ich habe offiziell noch nicht einmal mit der Arbeit begonnen.«

»Und schon zögern Sie unsere Arbeit hinaus.«
Marco stemmte die Hände in die Hüften und drehte sich zu dem Mann um.

»Ihr Name ist?«

»Erler. Karl Erler. Ich bin der Leiter der Spurensicherung.«

»Herr Erler, wissen Sie, ich kann Ihre Arbeit auch noch länger hinauszögern, ohne, dass es Konsequenzen haben wird. Bitte kleiden Sie sich vorschriftsmäßig für Ihre Arbeit. Und damit meine ich einen Schutz, damit keine Haare Ihrer imposanten, wenn auch nicht mehr zeitgemäßen Gesichtsbehaarung diesen Tatort kontaminieren.« Er blickte auf den drahtigen Walrossbart auf der Oberlippe des untersetzten Mannes.

»Ist das jetzt ein Scherz?«

Der Polizist kniff die Augen zusammen. »Sehen Sie mich lachen?«

»Geh, Kalle, hol dir eine Maske, danach fangen wir halt an.« Mit dicken Fingern zwirbelte Karl Erler unbewusst seinen Bart und machte sich auf den Weg zum Auto.

»Wurde etwas verändert?« fragte Schönbohm und blickte sich aufmerksam um.

»Nein, nichts. Ach ja, der Bremer ist schon weg. Hat schnell den Tod festgestellt und ist dann wieder gegangen.« Er hob seine Hand und führte sie mehrfach an den Mund und deutete das Trinken aus einer Flasche an.

Marcos Augenbrauen schnellten nach oben, dann fuhr er sich mit der Hand über die Stirn. Worauf hatte er sich nur eingelassen als er sich versetzen ließ? Hätte er nicht doch mehr dagegen tun können?

»Aber er war lange in keinen Unfall mehr involviert, richtig, Lasse? Ich bin übrigens die SpuSi-Susi«, stellte sich Susanne Becker kichernd vor und legte den Kopf schief. Lasse Weber nickte bestätigend.

»Und«, fügte sie hinzu »Wenn wir davon in der Stadt hören, dann heißt das was.« Das SpuSi-Team lachte.

»Um zu erkennen, dass der tot ist, dafür muss man nicht geradeaus gucken können«, fügte Weber hinzu. »Aber immerhin hat er ihm kein Rezept gegeben.«

Das Team der Spurensicherung verfiel wieder in einen gemeinschaftlichen Gelächterchor.

Schönbohm betrachtete die Umgebung. Teilweise war Baumaterial geliefert worden, neue Fenster, und vereinzelt hatte der neue Eigentümer Pflanzen entfernt, gebaggert und den Boden umgegraben, um große Wurzeln aus der Erde zu entfernen.

»Es ist eine Katastrophe. Was machen Sie denn sonst in dieser Gegend ohne passende Beleuchtung, wenn es dunkel ist und Sie an einem Tatort sind?« Schönbohm wandte sich an Lasse Weber, der nur mit den Schultern zuckte.

»Normalerweise haben wir hier keine Tatorte. Das ist ein Dorf, das ist Pullstedt.«

Das SpuSi-Team nickte kollektiv.

»Können Sie auch ohne den bärtigen Kollegen anfangen?« fragte er nun bissig die Menschen in der Schutzkleidung.

Kommentarlos machten sie sich an die Arbeit und der Blitz von der Kamera erhellte den Garten.

»Wird dann einfach aufgehört zu arbeiten, wenn es dunkel ist, oder wie soll ich das verstehen? Klären Sie mich doch mal auf, Weber. Ich steige da noch nicht ganz durch, wie das hier so ist.«

»Na ja«, sagte er zaghaft, »also, ja. So haben wir das immer gemacht. Läuft ja nix weg und der Tote wird nicht toter oder so, hm?« Entschuldigend verzog er den Mundwinkel und zuckte mit den Schultern.

»Aber Sie haben hier doch Traktoren. Beleuchten wir den Tatort doch damit. Ein Auto kommt hier über diese Buckelpiste jedenfalls nicht.«

Der große Weber ließ entmutigt die Schultern hängen. »Hier werden Sie keinen Traktor finden. Der Hof wurde schon lange nicht mehr landwirtschaftlich genutzt. Wenn Sie hier was finden, dann ist es fraglich, ob es noch funktioniert. Das Zeug hier ist bestimmt schon 50 Jahre alt. Wir sind ja auch kein Dorf per se, wir sind ja eher eine große Kleinstadt«, revidierte er seine vorherige Aussage und fügte hinzu: »Soooo viele Bauern gibt es auch nicht mehr. Ums Eck wohnt der Schorsch Schladerbusch, aber der ist so ein alter Grantler, ich weiß nicht, ob wir den fragen sollten...«

Schönbohm räusperte sich. »Haben Sie etwa Angst, Weber?«

»Nicht direkt, aber...«

»Na, dann kommen Sie, ich will mit diesem Schladerbusch reden! Wo müssen wir lang?«

»Ihren Enthusiasmus hätte ich gerne!« Weber setzte sich träge in Bewegung und schlüpfte durch den schmalen Gang zwischen den beiden Gebäuden. Schönbohm folgte ihm. Die Straßenlaternen waren bereits angegangen und ein Igel wanderte zielstrebig an Ihnen vorbei über den Hof, jedoch nicht ohne vorher einmal PM Weber anzufauchen. Dieser seufzte. »Wir müssen nur hier um die Ecke.« Mit dem Daumen deutete er die Straße hinunter.

Auffordernd sah Schönbohm ihn an als er bemerkte, dass Weber keine Anstalten machte, voran zu gehen. Mit einem Seufzen ging der Hüne los.

»Aber ich habe Sie gewarnt, der Schorsch hat immer eine miese Laune.«

»Wir sind die Polizei, ja?« meinte Schönbohm als wäre es die Antwort für alles.

Sie gingen ein paar Meter. Der gepflasterte Fußweg wurde zu Kies und dann zu einem unkrautbewachsenen Schotter. Sie kamen zu einem kleinen vollgemüllten Bauernhof, dessen Front ein dampfender Misthaufen so hoch wie das Haus zierte. Schönbohms Befürchtung bewahrheitete sich als Weber anhielt.

»Da wären wir.« Er atmete tief ein. »Seien Sie bloß vorsichtig, Cheffe, nicht, dass Sie sich hier vor dem ersten offiziellen Arbeitstag noch alle Knochen brechen oder in die Jauchegrube fallen.«

Schönbohm holte sein Handy aus der Tasche und schaltete die integrierte Taschenlampe an. »Wird schon, Weber, wird schon.« Er sah wie ein einzelnes Huhn vom Misthaufen torkelte und schnurstracks auf Weber zulief, der es mit dem ausgestreckten Bein auf Distanz hielt als wäre es ein bissiger Hund. Schönbohm schüttelte den Kopf und ging voran.

Ein leises »Muh« ertönte und Schönbohm konnte die Kühe im Stall gemütlich kauen hören. Weber, der offensichtlich das Huhn abwehren konnte, eilte voraus und klopfte kräftig gegen die alte Holztür. Durch eines der vorderen Fenster konnte man Licht im hinteren Teil des Hauses sehen.

Die Tür wurde schwungvoll aufgerissen und Schönbohm, der in Gedanken war, merkte, wie sein Herz kurz vor Schreck aussetzte. Im Türrahmen stand ein mittelgroßer Mann mit etwas zu langen Haaren, die einen Schnitt mindestens so nötig hatten, wie der Bart eine Rasur. Das Gesicht war von der Arbeit draußen braun. Die Augenbrauen waren buschig und über der Nase zusammengewachsen. Er trug alte, robuste Arbeitskleidung und sah misstrauisch auf seine Besucher.

»Entschuldige die Störung, Schorsch«, sagte Weber mit dünner Stimme. »Ich bin's, Lasse von der Polizei.«

Stille.

Weber setzte widerwillig neu an. »Der Junge vom Dosenmacher-Weber.«

»Und was willst du?« Die tiefe Stimme klang schroff.

»Das hier ist der neue Dienststellenleiter, KHK Schönbohm. Er hat die Stelle von Chef Henke übernommen.«

»Ja, und?«

Schönbohm machte einen Schritt nach vorne und stand neben Weber und streckte die Hand zum Gruß aus. Schorsch Schladerbusch ignorierte ihn geflissentlich und hielt den Blick auf Lasse Weber gerichtet.

»Wir wollten dich bitten, dass du mal mit deinem Trecker vorbeikommst und ein bisschen Licht machst. Wir haben einen Tatort, aber es ist zu dunkel.« Weber spuckte die Worte hastig aus und trat einen Schritt zurück. Bauer Schladerbusch machte sich in der Tür ein bisschen breiter als er tatsächlich war und man sah ihm an, dass er alles andere als begeistert war.

»Hat euch eigentlich einer ins Gehirn geschissen? Seid ihr noch zu retten? Nix mach ich!« Schladerbusch schlug krachend die Tür zu.

DREI

»Ins Gehirn geschissen.« Kala lachte und stellte die angeschlagene Kaffeetasse auf den Tisch. »Auch nicht schlecht.«

Marco kam zu ihr. »Meine Uniform passt nicht mehr.« Er zerrte an dem obersten Knopf des Hemdes.

»Wieso willst du die überhaupt anziehen? Hat dir einer ins Gehirn geschissen?« Wieder lachte sie.

»Ich bin ja nicht mehr bei der Kriminalpolizei. Ich arbeite hier direkt am Menschen, die Uniform hat Erkennungswert.«

»Aber bevor du jemanden mit dem Knopf erschießt, solltest du vielleicht auf die Uniform verzichten. Außerdem bist du Dienststellenleiter und kannst anziehen, was dir gefällt, oder?« Sie strich sich eine dunkle Haarsträhne hinter das linke Ohr und sah ihrem Verlobten dabei zu, wie er das Hemd wieder aufknöpfte. »Ich denke nicht, dass es irgendjemanden hier interessiert, solange du kein Kleid trägst.«

»Du hast wie immer recht.« Er ging wieder hinaus, um sich umzuziehen.

Kala sah sich um und war überhaupt nicht erpicht darauf, die ganzen Umzugskisten alleine auszuräumen. Seufzend griff sie nach ihrem Toast als es an der Tür klingelte. Schnell nahm sie einen Bissen und stand auf, aber sie hörte, dass Marco bereits die Tür geöffnet hatte. Sie konnte die Stimmen nicht zuordnen bis Marco, gefolgt vom Ehepaar Bendig, in der Küche stand. Ihr Verlobter, jetzt in Jeans und mit Pullover, stellte einen Karton auf den Tisch.

»Guten Morgen, meine Liebe!« Ina Bendig lächelte sie freundlich an und Helmut hatte seinen Hut unter den Arm geklemmt.

Ina nahm Marcos Tasse in die Hand. »Das kaputte Geschirr können Sie jetzt für Ihren Polterabend aufheben. Hier ist Neues.«

»Nicht neu«, unterbrach Helmut seine Frau. »Mit Vorbesitzern. Das Motiv ist vielleicht nicht so modern, aber wofür brauchen wir noch diese Menge an Geschirr? Wir sind jetzt 80 Jahre alt, unser altes Geschirr ist genug.«

»Entschuldigen Sie mich bitte, ich muss zur Arbeit gehen. Ich danke Ihnen vielmals, dass Sie sich die Mühe gemacht haben. Das wäre wirklich nicht nötig gewesen!«

»Nichts zu danken!« Ina legte ihm die Hand auf den Arm. »Es ist uns eine Freude, wenn wir helfen können.«

Als Marco sich umdrehte, folgte Helmut ihm.

»Haben Sie einen Augenblick?« Der alte Mann sah ihn besorgt an und zog ihn aus der Haustür. »Sie wissen, wie die Leute reden. Muss ich mir Sorgen machen, wenn meine Frau das Haus verlässt?«

Irritiert sah Schönbohm ihn an. Die grauen Augenbrauen standen wirr in alle Richtungen. »Ich verstehe nicht.« Nachdrücklich schüttelte Marco Schönbohm den Kopf und bereute es, den Wollpullover angezogen zu haben, der jetzt an seinem Hals kratzte.

Helmut Bendig blickte verlegen zu Boden, dann über seine Schulter und wieder in Marcos Augen. »Ich spreche von dem Mord.«

»Wer sagt, dass es Mord ist? Es könnte auch ein Unfall gewesen sein, Herr Bendig. Sagen Sie aber nicht, Sie haben das von Frau Rehstock-Rosenstein gehört!«

»Ist es denn ein Unfall gewesen?« Bendig drehte den Hut in seiner Hand. »Das würde mich sehr beruhigen.«

»Tatsächlich kann ich Ihnen das nicht sagen. Ich muss auf die offiziellen Ergebnisse warten. Aber Sie sollten sich keine Sorgen machen.«

»Ich denke, wir sollten uns Sorgen machen.« Lasse Weber legte das Telefon auf.

»Es gibt in diesem Ort nichts, wirklich überhaupt nichts, worüber man sich Sorgen machen müsste.« Marcos Blick war auf den Monitor des Computers geheftet. Eine Grünlilie auf der Fensterbank ließ traurig die langen Blätter hängen.

»Wir müssen eine Verwarnung aussprechen. Bengt Appelhagen hat gerade beim Bäcker was mitgehen lassen.«

»Wir schreiben einen richtigen Polizeibericht. Haben Sie das nicht gelernt?«

Lasse hatte das Telefon wieder in der Hand. »Ich rufe einfach seinen Vater an.«

»Sie rufen hier niemanden an. Wir machen das vorschriftsmäßig.«

»Das wird den Leuten hier aber nicht gefallen, Chef.« Der junge Mann sah bedrückt aus.

»Das mag sein, Weber, aber als Dienststellenleiter bin ich verantwortlich und muss weiter oben Rede und Antwort stehen. Wie erkläre ich, dass ich keine

Berichte schreibe? Weil es schon immer so gemacht wurde?«

Sein Kollege wackelte grübelnd mit dem Kopf. »Na jaaaa«, sagte er gedehnt.

»Weber, bitte!« Schönbohms Stimme klang streng. »Polizeiarbeit ist eben auch Schreibarbeit.« Er blickte an dem Monitor vorbei und sah wie Weber den Telefonhörer wieder auflegte. Eine E-Mail-Benachrichtigung erschien auf dem Monitor. Mit ein paar Klicks öffnete er die Mail und startete den Download für den Anhang.

Weber sah seinen Vorgesetzten aufmerksam, fast erwartungsvoll an. »Was ist?«

»Wir fahren noch einmal zum Tatort!« Schönbohm sprang auf.

»Mit dem Auto oder mit dem Fahrrad?«

So sehr sich Kala auch über den Besuch des Ehepaars Bendig und ihr großzügiges Geschenk gefreut hatte, so froh war sie auch, als sie die Beiden von hinten sah. Ina Bendig hatte trotz ihres Alters eine unglaubliche Energie und Kala musste sie förmlich zurückhalten, nicht alles zu putzen und sämtliche Umzugskartons aus- und die Gegenstände einzuräumen während Helmut Bendig um seine Frau herumsprang als wäre sie ein rohes Ei, das er wie eine Glucke beschützen musste.

Immerhin kannte Kala sich nun ein bisschen im sozialen Gefüge ihrer neuen Heimat aus. Es gab die Alteingesessenen, die unter sich blieben und sich empörten, wenn Zugezogene die unausgesprochenen Regeln, die sie gar nicht kennen konnten, nicht befolgten. Es gab nämlich eine Reihenfolge, wer wen zuerst grüßen sollte oder musste. Kinder generell mussten zuerst grüßen, und Zugezogene. Alteingesessene grüßten nur untereinander zuerst, wobei hier wiederum die jüngere Person die ältere Person zuerst zu grüßen hatte. Sollte ein Kind nicht grüßen, hatte das in der Regel eine Beschwerde zur Folge, aber natürlich nicht gegenüber den Eltern, sondern gegenüber allen Anderen. Die zuverlässigste Quelle war wenig überraschend Frau Rehstock-Rosenstein, die gewissenhaft dafür sorgte, dass die Beschwerde passiv-aggressiv bei den Eltern ankam. Sollten Zugezogene nicht zuerst grüßen, waren sie »unten durch« und Snobs und mit denen würde man sowieso nichts zu tun haben wollen. Das hieß natürlich nicht, dass man sie nicht genau beobachtete und alles kommentierte. Eigentlich, so stellten die Bendigs selbst fest, konnten es »die Neuen« niemandem recht machen. Bauten sie ein neues Haus, waren sie wohl zu reich und wollten angeben. Kauften sie eines der alten Häuser und wagten es, Änderungen vorzunehmen, hielten sie sich wohl für etwas Besseres. Schließlich war 50 Jahre alles mit dem Haus in Ordnung, warum sollte es jetzt nicht gut genug sein? Es sei schwierig, gaben sie zu bedenken und gestanden, dass sie manche Veränderungen auch nur schwer akzeptieren konnten. Das sei dem Alter geschuldet, relativierte Helmut.

Eigentlich genoss Kala die Anwesenheit der beiden. Sie waren authentisch und sympathisch und man merkte, dass sie nach all den Jahren noch immer gerne zusammen waren.

Und nicht zuletzt, riet Ina abschließend, sollten Zugezogene darauf achten, mit wem sie sprachen. Aber oft reichte es, wenn man sich nicht dazu hinreißen ließ, über Andere zu sprechen, denn eine solche Unterhaltung blieb unter keinen Umständen unter vier Augen.

»Wie bleiben Sie neutral?« fragte Kala, die den Tag zuvor Spannungen zwischen Frau Rehstock-Rosenstein und den Bendigs bemerkt hatte.

»Ich mag dieses Gerede nicht. Wir bleiben gerne für uns, richtig Helmut? Wir sind in einem Alter, wir wollen unsere Zeit, wie viel uns auch bleiben mag, nicht mehr mit Tratsch verschwenden. Wir bleiben unter uns. Leben und leben lassen.«

Helmut, der nachdenklich ins Nichts gestarrt hatte, nickte zustimmend. »Ja, man weiß nie, wie lange man noch hat.« Schnell fügte er hinzu: »In unserem Alter.«

»Nicht so negativ, Herr Bendig. Sie sind doch noch fit! Beide!«

Das Ehepaar antwortete nicht sofort und die eingetretene Stille war Kala unangenehm.

»Habe ich etwas-« setzte sie an, doch Ina unterbrach sie mit einem Räuspern und sagte dann: »Ich habe Krebs. Darmkrebs.«

Als sie Kalas betroffenen Blick sah, fügte sie hinzu: »Ich habe mein Leben gelebt. Es ist in Ordnung.«

Betreten blickte Kala zu Boden.

»Aber sind Sie austherapiert? Wenn ich fragen darf?!«

»Ich bekomme Chemotherapie. Aber zweimal hatte es nichts gebracht. Wenn es sich jetzt nicht bessert, dann bin ich wohl austherapiert.« Ina strahlte dennoch über das ganze Gesicht. Ihre Haut sah weich und pudrig aus. »Aber lassen Sie uns doch über etwas Schönes sprechen. Ich weiß, dass Helmut das Thema nicht mag.« Sie blickte ihren Ehemann liebevoll an und er nickte wieder abwesend.

»Werden Sie das Haus so lassen?« Ina wechselte das Thema.

»Wir hatten überlegt, ob wir zum Garten hin einen Anbau für einen Wintergarten machen. Das würde mir jedenfalls sehr gut gefallen.«

»Ach, wie schön! Helmut, hast du gehört, ein Wintergarten! Für Pflanzen oder nur für mehr Helligkeit?«

»Ich dachte, für Beides. Auf der Rückseite ist es recht dunkel. Und natürlich freuen sich die Blumen auch darüber. Mit Gartenarbeit habe ich bisher wenig Erfahrung, daher wollten wir einen Teil des Gartens dafür opfern, was in der Tat sehr paradox ist.«

Die Frauen lachten. Helmut blickte mit ernstem Gesicht auf seine Tasse und blieb stumm.

»Wonach suchen wir, Chef?« PM Weber sah seinem Dienststellenleiter dabei zu, wie er genervt mit dem Fahrradständer kämpfte. Auf dem Rahmen klebte ein »Volle Pulle für Pullstedt«-Aufkleber.

»Ich verbiete, VERBIETE, die Nutzung von Fahrrädern als Dienstfahrzeuge in dieser, meiner, Dienststelle! Ist das klar, Weber?«

»Ist klar, Cheffe.« Er nahm den Fahrradhelm ab, unter dem er eine altmodische Dienstmütze trug, schloss den Kinngurt und hängte den Helm wie eine Tasche an seinen Unterarm.

Energisch trat Schönbohm den Fahrradständer nach hinten, dann zaghaft ein Stück nach vorne und ließ ganz langsam das Fahrrad los. Es blieb stehen.

»Wissen Sie, dafür, dass Sie es mit den Berichten so genau nehmen, sind Sie jetzt aber ein bisschen auffällig gegen die vorschriftsmäßige Verwendung eines Fahrradhelms, Cheffe.«

Schönbohm warf ihm einen garstigen Blick zu und das weiß-grüne Fahrrad fiel scheppernd zu Boden.

»Diese verdammte Klappermühle!« Er gab dem Rad einen Tritt, ging daran vorbei und betrachtete die ausgeblichene Fachwerkfassade des Hauses. Weber machte Anstalten, das Fahrrad aufzustellen. Leise schellte die Fahrradklingel.

»Lassen Sie diesen Albtraum auf zwei Rädern bloß liegen, Weber! Lassen Sie es liegen. Nicht hinstellen, nicht hinlegen, einfach loslassen. Das ist eine Dienstanweisung!«

Abrupt ließ der Hüne das Rad los, das wieder scheppernd zu Boden ging.

»Sehr gut, Weber, und jetzt kommen Sie her.«

Linkisch lief dieser los.

»Was ist anders?«

»Was meinen Sie?« Er hängte sich den Helm über die Schulter.

»Sie kennen dieses Haus. Hat sich etwas in der letzten Zeit hier geändert?« Er sah Weber an, der wiederum auf das Haus schaute und die Stirn nachdenklich in Falten gelegt hatte. Sein Blick wanderte über die Fassade.

»Hier waren Kletterrosen und Efeu. Fast die ganze Front war zugewachsen.« Er deutete auf eine Stelle um ein Fenster im Erdgeschoss. »Sehen Sie? Da kann man es sehen, wie eine Silhouette.«

»Der Tote, Zimmermann, wie verstand er sich mit den Einheimischen?«

»Hm, dazu kann ich nicht so viel sagen. Die Leute sind hier speziell im Umgang mit Zugezogenen. Ich weiß nur, dass ein paar Leute nicht ganz so zufrieden waren. Es gibt viel Gerede. Irgendwer hatte gesagt, dass er gehört habe, dass Zimmermann das Haus plattmachen wollte. Aber dann hätte er kaum ein Gerüst aufgestellt und neue Fenster gekauft, nicht? Und das ist ja auch kein Grund für Mord.« Er zuckte gleichgültig mit den Schultern und der Helm rutschte den Oberarm herunter zum Ellenbogen. Linkisch schob er ihn wieder hoch wie eine Handtasche.

»Hinter dem Haus ist ein Haufen mit den entfernten Pflanzen. Wo sind die von hier vorne? Sind die schon lange weg?«

»Ganz ehrlich, Cheffe, ich habe keine Ahnung. Sie sehen, der Hof ist ein bisschen am Rande und stand einige Zeit leer bis Zimmermann kam. Man achtet irgendwann nicht mehr richtig drauf, verstehen Sie?«

Marco Schönbohm schob nachdenklich die Hände in die Hosentaschen. Das Holz der alten Fensterrahmen splitterte. »Also«, er drehte sich von Weber weg und marschierte los, »die Spurensicherung hat seine Geldbörse unter seinem Rücken gefunden. Der Körper wurde vermutlich an einen anderen Platz verbracht, mit an Sicherheit grenzender Wahrscheinlichkeit wurde er an den Füßen gezogen, wodurch die Geldbörse, die sich in seiner Gesäßtasche befand, aus dieser entfernt und mitbefördert wurde. Gestern im

Dunkeln war jedoch nicht ersichtlich, wo der tatsächliche Tatort auf diesem Gelände sein könnte.«

»Also wurde er ermordet?!« Weber rückte seine Mütze zurecht.

»Zimmermann erlitt eine Schädelfraktur; tödlich war diese jedoch nicht, sondern der Genickbruch.«

»Aber mit Genickbruch kann sich der Körper nicht mehr von A nach B bewegen. Es muss also jemand hier gewesen sein.«

Schönbohm drehte sich zu Weber um und er merkte, wie sein Herz vor Euphorie über den Todesfall schneller schlug.

»Wir schauen jetzt, ob wir im Tageslicht mehr erkennen, was uns hilfreich erscheint.«

»Glücklicherweise müssen wir im Hellen den Schorsch nicht um Hilfe bitten. Der hat sich doch sofort bei meinem alten Herrn beschwert.«

Seitlich schob sich Schönbohm wieder zwischen den Gebäuden entlang. »Sie sind doch ein erwachsener Mann, Weber!«

»So ist das hier eben.« In seinem Tonfall klang Resignation.

»Mein Vater war jedenfalls nicht sehr angetan von unserer Aktion.«

»Sie klingen so als wären wir 12 Jahre alt und hätten uns beim Klingelstreich erwischen lassen. Wir sind Polizisten. Wir sind die ausführende Gewalt in diesem Staat. Niemand petzt bei Papi, wenn er findet, Polizeimeister Weber macht seine Arbeit nicht richtig.«

»So sollte es sein. Aber das hier ist nicht Hannover. Sie sind neu hier, Sie verstehen es noch nicht.«

Schönbohm blieb stehen und sah sich um wie er es am Abend zuvor getan hatte. Links von ihm waren die herausgerissenen Pflanzen, rechts die Apfelbäume,

Kartoffeln, voraus die Sträucher, worauf er direkt zuging, den Blick auf den Boden gerichtet.

»Die Terrassentür war nicht verschlossen, richtig? Richtig. Er ging also aus der Terrassentür...« Mit ausholenden Schritten marschierte er an den Kirschbäumen vorbei und sah sich auf der Terrasse um. Auf dem Brunnen, dessen alte Wände grob gemauert waren, lag eine Eisenplatte mit Griff. Ein sehr alter kleiner Kunststoffeimer mit Wäscheklammern, teils aus verblichenem Plastik, teils aus aufgequollenem Holz, stand in einer Fensterbank hinter einer einfachen Sitzbank. Es gab keinen Tisch. Nur zwei Bänke, eine rechts und eine links von der Terrassentür. Eine gelbe Gießkanne, die der Frost in einem vergangenen Winter gesprengt hatte, lag neben der Bank, von dem Wurzelballen eines Brennnesselbuschs beschwert. Ein abgestorbener Flieder, der in besseren Jahren als Stämmchen gestutzt worden war, ließ seine morschen Äste über den Brunnendeckel hängen.

Schönbohm ließ den Blick schweifen, doch er konnte nichts Auffälliges entdecken. Rein gar nichts deutete auf einen Kampf hin.

»Aber wohin ging er von der Terrasse aus?« Weber drehte ihm den Rücken zu. »Womöglich hat er gebaggert. Der Mann hat ja überall etwas angefangen und nicht zu Ende gebracht. Stattdessen hat er was anderes begonnen.«

Zusammen gingen sie an den Beerensträuchern vorbei.

»Die Spurensicherung hatte entdeckt, dass der Boden offensichtlich bearbeitet worden war, vermutlich mit einem Laubbesen oder einem ähnlichen Gegenstand, um Spuren zu verwischen. Ich denke, das ist die Strecke, die der Körper gezogen wurde.«

»Mit einem Laubbesen?!« echote Weber.

»Na ja, dieses Ding mit dem Stiel, wo so diese langen Dinger zum Fegen von Laub und Steinen und so dran sind. Verstehen Sie?«

»Nein, ich verstehe nicht, aber ich denke, der Stadtmensch meint eine Harke.« Webers Blick war konzentriert auf den Boden gerichtet. »Ich kann leider keine Fußabdrücke erkennen. Und für einen Laubbesen ist es nicht geharkt genug. Ich weiß nicht so recht...« Er richtete sich auf. »Was ist, wenn Zimmermann den Boden selbst so gemacht hat? Er muss hier nicht lang gegangen sein. Das ist eine Nadel im Heuhaufen.«

Schönbohm ignorierte die Einwände und ging zügig zum Bagger.

»Weber, hören Sie auf zu jammern wie ein kleines Kind, kommen Sie!«

Weber blickte stur auf den Boden vor sich und war mit wenigen Schritten bei seinem Vorgesetzten.

Ein paar größere Steine waren aus dem Boden geholt worden, die Wurzeln eines gefällten Baumes befanden sich in der Baggerschaufel.

»Rufen Sie das Walross an, Weber, hier ist Blut.« Schönbohm zeigte auf einen stecknadelkopfgroßen Spritzer an der Seite des Baggers.

I I ∕

Fast hätte Kala ihr Vorstellungsgespräch vergessen. Freundlich, aber bestimmt hatte sie die Bendigs vor die Tür gesetzt und sich schnell umgezogen. Für eine Dusche war keine Zeit mehr gewesen.

Das Bestattungshaus Starke war berufstypisch eingerichtet: Kühl, elegant, zeit- und emotionslos im Empfangsbereich, ein wenig vernachlässigt im abgedunkelten Büro der Chefin.

Sabine Starke war eine große schlanke Frau Ende 40 mit kurzen schwarzen Haaren. Sie trug einen eleganten, wenn auch etwas unvorteilhaften Zweiteiler, der auf den ersten Blick etwas zu kurz zu sein schien und ihre Oberschenkel breiter machte als sie vermutlich waren. Nun saßen sie zusammen am Schreibtisch.

»Stört es Sie, wenn ich kurz noch einmal Ihre Bewerbung überfliege?« Die Bestatterin hatte eine Brille auf ihre dünne Nasenspitze gesetzt und sah nun über ihren Rand hinweg Kala an.

»Nein, bitte, nur zu.« Ermutigend lächelte Kala sie an.

»Hmhm hmhm hmhm.« Dann nahm sie beim Lesen ihre Perlenkette in den Mund und ließ sie an den Zähnen entlang klacken. Klklklklklklklk. Kala unterdrückte den starken Zwang, sich die Ohren zuzuhalten. Die Starke sah wieder auf.

»Ich wäre ja dafür, dass Sie heute oder morgen einen Probearbeitstag einlegen. Sind Sie spontan?«

»Ja, natürlich, das bringt der Beruf mit sich, nicht wahr?«

Ein glockenhelles humorloses Lachen erklang und brach abrupt ab.

»Mein Mann Thomas macht die Buchhaltung für mich. Frau Rautmann hat hier einen 450€-Job und macht ein paar Schreibarbeiten. Sie ist nicht jeden Tag hier. In diesem Ort gibt es viele ältere Leute, wie Sie schon gemerkt haben, daher kann es nicht schaden, wenn wir Verstärkung haben. Wir machen hier alles selbst und wir wollen mit unseren Dienstleistungen aktuell und ökologisch sein.«

»Ich verstehe.« Aber Kala verstand nicht.

»Wir machen hier eigene Saatbomben mit Asche. Offiziell nur für den Wald der Ruhe, wenn jemand aber so eine Saatbombe in den eigenen Garten schleudert, so ist das gar nicht mehr unsere Angelegenheit. Wir organisieren Seebestattungen. Und wie ich schon sagte, das Projekt 'Wald der Ruhe'. Sind Sie damit vertraut?«

»Bestattung in einem speziell zugeteilten Waldabschnitt?«

»Korrekt. Aber als Addition kann man die Asche ähnlich wie bei der Saatbombe in einer biologisch abbaubaren Kapsel zusammen mit der Saat eines einheimischen Baumes deponieren, sodass ein neuer Baum auf dem Ruheplatz wächst.«

»Und die Nachfrage ist groß?« Kala stellte sich die ländliche Bevölkerung auch bei Bestattungen eher konservativ vor.

Das Lächeln der Starke gefror auf ihren roten Lippen und zwischen zusammengebissenen Zähnen stieß sie ihre Antwort hervor.

»Natürlich wollen die Leute hier klassisch beerdigt werden!« Sie warf die Hände in die Luft. »Aber anbieten müssen und wollen wir es trotzdem. Wir müssen mit der Zeit gehen.«

Kala nickte zustimmend und verlagerte unbehaglich ihr Gewicht auf dem Stuhl.

»Kommen Sie, kommen Sie!« Wie verwandelt sprang Bestattungsunternehmerin Starke auf und gestikulierte hektisch als würde sie Geflügel verscheuchen wollen. »Ich führe Sie herum!«

Eilig stand Kala auf und ließ sich durch die Bürotür zurück ins Foyer bugsieren.

»Hier entlang!« Starkes Stimme war ein manischer Singsang. Langsam bezweifelte Kala, dass sie hier arbeiten wollte.

Zwei Gänge gingen vom Empfangsraum ab. Eine Seite war der »private Flügel« wie die Starke es feudal nannte. Der private Flügel bestand jedoch nur aus einem Badezimmer und einer mittelgroßen Küche mit Essecke mäßiger Qualität und fortgeschrittenem Alter, natürlich im klassischen 80er Jahre beige-orange, das Bad in grün. Kala wusste nicht, ob sie lachen, weinen oder würgen sollte.

»Schön heimelig, nicht wahr?« Die Starke setzte ein warmes Lächeln auf.

Fest presste Kala die Lippen zusammen, sodass diese wie zwei dünne Striche aussahen. »Fast schöner als zu Hause.« Sie lachte künstlich und ließ sich zurück in den Empfangsraum und dann in den anderen Gang führen.

»Wie lange führen Sie das Geschäft schon?«

Starke horchte auf und schien sich sichtlich über das Interesse zu freuen.

»Ach, das mache ich schon zwanzig Jahre. Mein Vater hatte woanders mit einem Bestattungsinstitut angefangen, ich habe es dann hierher verlegt.«

»Ein Familienunternehmen, wie schön!«

»Ja, es ist sehr schön. Aber Sie wissen wie das ist, alles hat Vor- und Nachteile.«

Wieder nickte Kala stumm zustimmend.

»Hier«, Starke machte eine ausholende Geste ist unser Trauerzimmer. Bitte nicht mit einem Trauzimmer verwechseln.« Wieder erklang das glockenhelle gespielte Lachen. Sie öffnete die Tür und schob Kala hinein.

Der Raum war in neutralen Tönen gehalten, hellblau und creme, viele Zimmerpflanzen. Mittig war Platz für die Aufbahrung des Verstorbenen und ringsum bequeme Stühle für die Familie. »Das ist unser Luxusraum. Sowas haben sonst nur Krankenhäuser. Andere Institute in der Umgebung bieten das nicht an. Da wird bei der Trauerfeier getrauert. Wir trauern, wenn die anderen noch Papierkram erledigen.« Sie zuckte mit den Schultern.

»Frau Starke, das wäre ein hervorragender Werbeslogan!«

Sabine Starke riss die Augen auf als hätte sie eine Erleuchtung, ihr Mund stand offen. »Ja«, hauchte sie »das ist wirklich ein guter Slogan! Starke Bestattungen – wir trauern während andere noch Papierkram erledigen... Ja, ja, an der Wortwahl muss man noch feilen, aber es ist sehr gut! Ich bin sehr gut! Da muss ich mich jetzt einfach mal selber loben!«

Sie gingen aus dem Trauerzimmer in den nächsten Raum.

»Das ist der Show-Room. Hier haben wir Modelle ausgestellt.«

Der dicke rote Teppichboden schluckte ihre Schritte als sie zwischen den ausgestellten Särgen und Regalen von Urnen entlang gingen.

»Ich lege großen Wert darauf, dass Hinterbliebene oder auch zukünftige Kunden im wahrsten Sinne des Wortes ein Gefühl dafür bekommen. Sie sollen also die Särge berühren können. Das ist weitaus besser als nur in Katalogen zu blättern. Von mir aus können die alten Knacker auch Probeliegen machen!« Sie bog beim Lachen ihren dünnen Rücken durch und hielt mit der rechten Hand ihren Bauch. »Wir haben hier immer ein billiges Standardmodell und danach überspringen wir eine Preiskategorie. Einmal schnöde und dann eindrucksvoller. Wer will schon schnöde beerdigt werden? In der Regel plagt die Verwandtschaft dann das schlechte Gewissen wegen all den verpassten Weihnachtsfesten und abgesagten Besuchen im Altersheim. Und dann gibt es eine bessere Ausstattung. Nicht, dass ich mich beschweren will. Mit den Urnen ist es auch so. Ein billiges Standardmodell, der Rest mit Stil.« Sie zeigte wie die Damen, die im Teleshopping ihre Neuheiten anboten, auf die Wandregale voller verschiedener Urnentypen.

»Und unten im Keller sind die Kühlkammer und der Balsamierungsraum. Kommen Sie, kommen Sie!«

Schönbohm und Weber standen wie bestellt und nicht abgeholt durchgefroren im Garten des verstorbenen Herrn Zimmermann und warteten auf die Spurensicherung. Ihre Nasen und Wangen waren vom kühlen Wind ganz rot gefroren. Schönbohms Telefon klingelte. Umständlich fummelte er das Smartphone aus seiner Jackentasche und nahm den Anruf entgegen. Für eine Sekunde verwirrt aus. Erwartungsvoll blickte Weber ihn an.

»Sie müssen erst die Formalitäten im Krankenhaus erledigen. Danach wird der Körper freigegeben, sofern alles erledigt ist.« Er blickte erst konzentriert in die Ferne, dann auf seine Fußspitzen und nickte während sein Gesprächspartner redete, danach wandte er sich an seinen Kollegen. »Weber, ein Bestattungsunternehmen hier in der Nähe?«

»Starke Bestattungen.«

»Ist das wirklich der Name?«

Lasse Weber nickte und legte entschuldigend den Kopf zur Seite.

»Starke Bestattungen. Wenn Sie das alles erledigt haben, hätte ich noch ein paar Fragen an Sie. Wenn Sie dafür zu uns kommen könnten? Gut, danke. Lassen Sie sich Zeit, keine Hektik. Gut, gut. Auf Wiedersehen.«

Er beendete das Gespräch und kurz darauf ertönte erneut ein Klingeln. Dieses Mal war es das Telefon von Lasse Weber.

»Oh«, sagte er mit Blick auf das Display. »Sieht aus wie Arbeit.« Mit einer Berührung der Fingerspitze nahm er den Anruf entgegen. »Hallo Frau Rautmann, was gibt's?« Konzentriert sah er in die Ferne. »Gut, wir sind unterwegs, bis fast gleich!« Er gab ein theatralisches Stöhnen von sich. »Es ging ein Anruf auf der Dienststelle ein. Frau Lüdermann sucht ihren Sohn, bzw. gibt an, dass ihr Sohn alkoholisiert im Verkehr unterwegs ist.«

Schönbohm sah auf die Uhr, doch bevor er etwas sagen konnte, kam ihm Weber zuvor: »Frühschoppen.«

Sie hörten Autos und kurz darauf Autotüren zuschlagen. Die Spurensicherung war eingetroffen.

»Sehr gut, dann müssen wir nicht weiter warten und können den Betrunkenen schnell von der Straße holen, bevor er jemanden umbringt.«

»Der wird höchstens sich selbst umbringen, er ist nur mit dem Fahrrad unterwegs.« Weber zuckte die Schultern.

»Mit dem Fahrrad?« echote Schönbohm ungläubig. »Dann kann es ja kaum schwer sein, den Trunkenbold festzusetzen.«

»Seien Sie sich da mal nicht so sicher. Chef Henke, also Ihr Vorgänger, hat irgendwann auch aufgegeben.« Weber ging auf die ersten Ankömmlinge der Spurensicherung zu.

»Erler, Ihr Bart ist nicht verpackt!« rief er im Vorbeigehen.

»Wir haben uns die Nacht wohl auf falschem Fuß erwischt«, fing Schönbohm das Gespräch mit dem walrossbärtigen Mann an.

Er reichte ihm die Hand zum Gruß.

»Manchmal ist es so.« Erler ergriff seine Hand und schüttelte sie. »Ich bin der Kalle. Wenn Sie wollen, können wir ja mal einen zusammen trinken gehen. Ich weiß, wie es ist, wenn man der Neue ist.«

»Marco«, stellte sich Schönbohm vor. »Ja, gerne. Ich hoffe, es wird irgendwann besser. Wenn ich mich ein bisschen eingearbeitet habe.«

»Ha!« rief Kalle laut und schüttelte den Kopf unter seiner Kapuze. »Hier nicht. Hier wird es nicht besser. Und das hat mit Einarbeitung gar nichts zu tun. Hier haben alle einen Sockenschuss!« Ächzend schob er seinen massigen Körper zwischen den Gebäuden hindurch.

»Ich muss jetzt erst einmal einen Trunkenbold von seinem Fahrrad holen. Wir sehen uns!«

Kalle hob die Hand zum Abschied als sich Schönbohm auf Weber, der bereits den Fahrradlenker in der Hand hielt, zubewegte.

»Wir fahren als Erstes zu Frau Lüdermann. Sie fahren voran, Weber.«

»Wahrscheinlich können wir auch gleich in die Kneipe fahren. Ich nehme an, da sitzt er und kippt sich weiter voll.«

»Nee, nee.« Schönbohm setzte sich auf den Sattel seines Dienstfahrrads. »Ich will zuerst die Aussage von der Mutter. Danach können wir immer noch zur Kneipe fahren.« Mit einem schwungvollen Tritt brachte er das Rad in Fahrt und beide Männer fuhren vom Hof.

»Wie heißt die Kneipe? In ländlichen Gegenden heißen die alle gleich. Zum hinkenden Pfarrer? Zum laktoseintoleranten Glöckner? Zum buckligen Kutscher?«

Mit entgeistertem Blick drehte sich Weber zu ihm um und fuhr ihm beinahe in die Seite. »Natürlich nicht.« Es fehlte nicht viel und man hätte eine gewisse Empörung in seiner Stimme hören können. »Zur Linde.« Weber zog humorlos eine Augenbraue hoch.

Sie fuhren an kleinen alten Häusern vorbei, manche gut erhalten, andere weniger gut. Ein älterer Herr schien die Höhe seines Rasens zu messen, während sein Nachbar einen frühen Herbstschnitt der Gehölze vornahm. Zu KHK Schönbohms Leidwesen schellte seine Fahrradklingel bei der kleinsten Unebenheit des Weges.

»Hier sind wir schon.« Weber deutete auf ein weißes Haus, das von einem niedrigen Holzzaun umgeben war, dahinter befanden sich verschiedene Nadelbäume.

Kaum waren sie von ihren Rädern gestiegen, wurde eine schwere dunkle Holztür energisch geöffnet und eine kleine untersetzte Frau kam eilig mit wogendem

43

Busen die Treppen hinunter. Die Farbe ihres Deckhaares war gelblich blond gefärbt, das Haar darunter hatte eine wesentlich dunklere Farbe. Sie hatte eine fleischige Nase, deren Spitze nach unten geneigt war.

»Schauen Sie nicht auf Ihre Nase«, flüsterte Weber eindringlich warnend während er den Kopf gesenkt hatte als wäre er konzentriert dabei, den Fahrradständer zu verwenden.

»Hallo Männer!« rief Frau Lüdermann herzlich und zeigte vom jahrelangen Rauchen gelb verfärbte Zähne.

»Hallo Ulla!« Weber nahm linkisch den Fahrradhelm ab. »Was ist denn mit deinem Sohn wieder los?«

»Der Micha hat getrunken und ist wieder mit dem Fahrrad abgehauen. Das geht doch nicht.«

»Nee, wahrlich nicht. Der kann nicht noch mehr Probleme mit seinem Führerschein gebrauchen. Das ist übrigens mein neuer Dienststellenleiter, Herr Schönbohm.«

Ihre schmalen, rot bemalten Lippen verzogen sich zu einem herzlichen Lächeln und ihre hängende Nasenspitze sank ein bisschen tiefer. Sie schüttelte kräftig Marcos Hand.

»Ich bin die Ulla. Wollt ihr ein Bier, Jungs? Ich mache gerade Schnitzel für heute Mittag. Für euch habe ich sicher auch noch welche.«

»Nee, lass mal, Ulla.« Weber zog aus der Innentasche seiner Jacke einen kleinen Notizblock.

»Käffchen?«

Marco schüttelte den Kopf. »Wann ist Ihr Sohn denn geflohen, geflüchtet, ich meine, gegangen?« Er brach in Schweiß aus.

»Vor zwanzig oder dreißig Minuten. Frühschoppen im Buckligen.«

»Dann werden wir mal schauen, wo er ist und bringen ihn nach Hause, Ulla.« Weber drückte den Kugelschreiber gegen seine Brust und mit einem leisen »Klick« verschwand die Mine.

»Danke, Jungs.« Sie strahlte beide an.

Ein Windhauch brachte den Geruch von verbranntem Fleisch. Ulla riss die Augen verschreckt auf und lief schnell ins Haus, von wo man sie durch das geöffnete Fenster laut fluchen hörte als sie ihre verbrannten Schnitzel entsorgte.

Weber schmunzelte und sie stiegen wieder auf ihre Räder. Schönbohm wusste, dass ihm morgen der Hintern schmerzen würde.

Sie waren gerade um die Kurve geradelt, als sie auf Micha Lüdermann trafen. Mit dem Rad stand er an einer Straßenlaterne. Sie hielten neben ihm an.

»Hallo Micha«, rief Lasse. »Deine Mutter hat uns geschickt. Sie sucht dich.«

»Und?« Michas Haar war durcheinander, seine Augen rot und glasig.

Weber fummelte den Block aus seiner Tasche und machte Notizen:

»Glasige, rote Augen«

»Haben Sie getrunken, Herr Lüdermann?« Schönbohm reckte das Kinn nach vorne.

»Das geht dich'n Scheißdreck an!« nuschelte der Befragte.

»Verwaschene Aussprache« notierte Weber mangels entsprechenden Formulars.

»Micha, ich möchte mal einen Test mit dir machen. Kannst du den Finger zu deiner Nasenspitze führen?« Der hünenhafte Polizist streckte den Arm aus und führte dann den Zeigefinger auf die Nasenspitze.

»Das war eine Demonstration, Micha, jetzt mach du mal.«

Lüdermann streckte den Arm und den Mittelfinger aus und setzte diesen dann gackernd lachend auf die Nasenspitze.

»Sehr lustig, Micha, echt.« Weber schüttelte den Kopf.

»Ich mach das nicht. Ich bin nicht euer Hampelmann!«

Schönbohm, der gesehen hatte, wie sein Kollege den Notizzettel weiter vorbereitet hatte, las die Notizen:

»Verweigert den Test (X)

Sicherer Gang ()

Unsicherer Gang ()

Nicht mehr in der Lage zu gehen ()«

Wackelig schwang sich der Lüdermann auf sein Fahrrad.

»Ihr Pappnasen!« rief er als er davon fuhr.

Weber schrieb:

»Flüchtet auf dem Fahrrad (Schlangenlinien)«

VIER

Schönbohm stellte eine Tasse Kaffee vor Weber auf den Schreibtisch und nippte an seiner eigenen.

»Wissen Sie, ich hatte heute tatsächlich eine brennende Butterbrottüte mit Hundescheiße vor meiner Haustür.« Er ließ sich nachdenklich auf den Stuhl fallen und Weber hustet als er sich an seinem Kaffee verschluckte.

»Ist das so ein örtliches Begrüßungsritual? Oder sind die Kinder des Ortes hier zu gelangweilt?«

Dramatisch lehnte er sich in dem Stuhl zurück und blickte an die Bürodecke.

»Na, ob das Kinder waren?! Die sind doch viel zu faul für solche Aktivitäten. Die hocken doch nur noch hinter ihren Spielekonsolen.«

Sie wurden unterbrochen als eine sehr schlanke, große Frau mit teurer platinblonder Kurzfrisur eintrat, hintendrein trollten sich zwei Jungs. Er konnte nicht genau sagen, woran es lag, aber er hatte den Eindruck, dass dieser Besuch Ärger versprechen würde. Außerdem hatte er schlecht geschlafen, was ihn nörgelig machte. Weber hingegen war gut aufgelegt wie immer.

»Guten Morgen!« Die Stimme der Frau war emotionslos. »Mein Name ist Zimmermann. Mein Ehemann wurde ermordet.«

Marco streckte ihr die Hand entgegen, doch sie ignorierte es.

»Schönen guten Tag, Frau Zimmermann. Vielen Dank, dass Sie hierhergekommen sind. Mein Beileid zu Ihrem Verlust. Wie gesagt, ich hätte in der Tat noch einige Fragen an Sie.«

Sie nickte gnädig.

Aus Reflex forderte er sie auf: »Würden Sie bitte mit in mein Büro kommen?« Doch tatsächlich gab es keine Büros. Es gab nur einen großen Büroraum mit drei Schreibtischen, eine Umkleidekabine mit WC und Dusche und eine kleine Küche. Im Keller befanden drei kleine Zellen.

Frau Zimmermann ignorierte diesen Fauxpas großzügig und folgte ihm zu seinem Schreibtisch während die Kinder Lasse Weber belagerten und Löcher in den Bauch fragten.

»Nehmen Sie Platz.« Schönbohm blieb am Schreibtisch stehen und Frau Zimmermann ging an ihm vorbei und setzte sich auf seinen Schreibtischstuhl.

»Entschuldigen Sie, das ist mein Platz. Ich schreibe hier gleich am PC mit, wissen Sie?«

Wortlos stand sie auf und zog abwertend die Augenbrauen hoch. Mit übereinandergelegten Knöcheln saß sie unbequem auf einer Pobacke, die Hände fest im Schoß gefaltet.

»Vorsicht!« rief Weber aus der anderen Ecke des Büros, dann fiel der Monitor vom Schreibtisch.

»Frau Zimmermann, hatte Ihr Mann Feinde?«

Sie atmete laut aus. »Die typische Frage aus dem Fernsehen. Nein, mein Mann hat keine Feinde.«

»Hatte er etwas erzählt, was Sie aufhorchen ließ? Streitereien? Oder fühlte er sich beobachtet oder verfolgt?«

»Nein, auch das nicht. Aber er hatte eine Auseinandersetzung mit einem alten Menschen hier, hatte er erzählt.« Sie hatte sich keinen Millimeter bewegt.

»Das könnte hier leider jeder sein. Hatte er einen Namen genannt?«

»Nein. Aber denken Sie, ein alter Greis hätte ihn umbringen können?«

»Zurzeit ist alles möglich. Ich muss jedem Hinweis nachgehen.« Er tippte auf der Tastatur.

»Werden Sie das Haus behalten?«

»Großer Gott, nein, ich werde den Kauf rückabwickeln lassen. Oder dieselbe Maklerin beauftragen. Ich muss meine Optionen überprüfen lassen.«

Im Hintergrund versuchte Weber einen Streit zwischen den Jungs zu schlichten.

»Niedliche Kinder. Wie alt sind die beiden?«

Sie drehte den Kopf, als würde sie schauen müssen, welche Kinder er meinte. »Acht und zehn Jahre. Sind wir dann hier fertig?« Sie griff ihre schwarze Handtasche, die rechts neben dem Stuhl auf dem Boden stand.

»Ja, wenn Sie mir noch kurz Ihren Personalausweis geben könnten, danach sind wir fertig.«

Er glich ihre Personalien ab, notierte die Telefonnummer und dann ging sie mit einem knappen Abschied.

»Schien nicht sehr betroffen, oder täusche ich mich?« Weber sammelte Stifte vom Boden auf und stellte diese mitsamt dem Becher, in welchem sie sich befunden hatten, auf den Tisch.

»Diese Kinder haben ja eine Energie...«

»Vielleicht hyperaktiv.« Schönbohms Stimme war tonlos.

»Ist alles okay, Chef?« Er horchte auf.

»Ich habe das Gefühl, sie weiß mehr als sie sagt.«

Weber setzte sich auf seinen Schreibtischstuhl und rollte zu Schönbohm rüber. Aufmerksam vorgebeugt und mit glänzenden Augen sah er ihn an. »Das ist ja wie im Film! Wie kommen Sie zu der Einschätzung?«

Der Dienststellenleiter blickte von seinem Monitor zu Weber. »Die trauernde Witwe war ein bisschen einsilibig, oder? Ich würde zumindest ein paar Minuten länger über meine Antworten nachdenken, wenn ich den Mörder meines Mannes finden wollen würde, oder?«

»Richtig!« Weber strahlte. Es war sein erster Mordfall und er spürte, wie Adrenalin durch seinen Körper schoss.

»Ja, ja, ich weiß, was Sie denken, Weber. Sie finden das alles mächtig aufregend und spannend, aber spätestens, wenn Sie kein Stück weiterkommen und die Angehörigen Druck machen, hört es auf.«

Der junge Polizist atmete laut hörbar aus und blickte auf den Boden. »Wissen Sie, hier gibt es nicht gerade oft einen Mord.«

Schönbohm drehte sich zu ihm um. »Und das soll auch so bleiben, Weber.«

Frau Annette Zimmermann, frisch verwitwet, betrachtete gleichgültig das große Schild vor dem Gebäude und drückte die Klingel. Eine Videokamera drehte sich in ihre Richtung. Eine verzerrte, knirschende Stimme ertönte. »Ja, bitte?«

»Zimmermann. Ich habe einen Termin.« Die Luft entwich unfreiwillig aus ihren Lungen als einer ihrer Söhne sie von hinten anstieß. »Pass doch auf, Kilian!«

Der Türöffner surrte und sie betraten Starke Bestattungen.

Kala, in einem zeitlosen Hosenanzug gekleidet, kam ihr mit langen Schritten entgegen. Mit wortlosem Erstaunen betrachtete sie die großgewachsene Frau von knapp 1,80m. Sie stellte sich vor und begrüßte Frau Zimmermann und ihre Söhne.

»Ihr benehmt euch!« zischte die Witwe und während ihr makelloses Gesicht emotionslos blieb, drehte sie den Absatz ihres rechten Schuhs nervös in den Fußboden.

»Ihre Jungs können selbstverständlich hier draußen warten. Das ist vermutlich kein angenehmes Gespräch für Kinderohren. Ich bringe Sie in das Büro von Frau Starke.«

Kala ging voran und mit wenigen Schritten waren sie beim Büro. Ein kurzes Klopfen und sie öffnete weit die Tür. »Möchten Sie einen Kaffee?«

Frau Zimmermann schien sie erst jetzt richtig wahrzunehmen und sah sie direkt an. »Haben Sie Prosecco?«

»Haben wir Prosecco?«, fragte sie an Frau Starke gewandt.

»Kaufen Sie eine Flasche. Schnell!«

Kala schloss die Tür hinter sich und konnte dann die leisen Stimmen der Frauen hören, die nun die Formalitäten der Beerdigung besprachen. So hatte sie sich die Arbeit hier allerdings nicht vorgestellt. Missmutig trottete sie in die Küche und schaute, ob sich nicht doch eine Flasche Sekt finden ließ. Sie hatte die vage Vermutung, dass bei Starke Bestattungen alles möglich sei. Hinter sich hörte sie ein dumpfes Geräusch und dann die beiden Jungs der Frau Zimmermann. Darum würde sie sich gleich kümmern. Sie öffnete die

Schränke und suchte bis sie aufschreckte als ein Weinen erklang. Eilig lief sie aus der Küche und traf auf die Jungs. Der Größere von beiden stand über dem Kleineren, der auf dem Boden lag und weinte.

»Was ist passiert? Wie heißt ihr?« Sie hockte sich zu dem weinenden Kind, dem die Tränen über das Gesicht und der Rotz aus der Nase lief.

»Ich bin Kilian und die Heulsuse ist Lysander.« Er trat nach dem Fuß seines Bruders.

»Hey!« Kala funkelte ihn böse an. »Lass das. Du siehst doch, dass er sowieso schon weint! Was ist los mit dir?«

Er grinste sie fies an und unwillkürlich dachte sie an die Mörderpuppe aus Hollywood. Die Frisur stimmte genauso wie der böse Blick.

»Was ist passiert?« fragte sie Lysander noch einmal und half ihm hoch. Dabei sah sie, dass das dumpfe Geräusch, das sie vorher gehört hatte, offensichtlich die große Amphore war, die mitsamt des Blumenschmucks zu Boden gefallen war.

»Nichts ist passiert.« Lysander wischte mit dem Ärmel seines blauen Pullovers den Rotz aus seinem Gesicht und lachte. Er rieb sich kindlich das Auge und verpasste dann unvermittelt seinem Bruder eine Backpfeife, dass es nur so klatschte. Kala sah ihn mit großen Augen erschrocken an. »Du blöde Kuh!« Er streckte ihr die Zunge raus. Bevor sie jedoch etwas sagen konnte, kamen Frau Starke und die Zimmermann aus dem Büro.

»Was war denn das für ein Radau, Frau Goraya? Sind Sie hier überfordert?« Sabine Starkes Tonfall war streng.

»Hier ist nichts los. Ich sagte nur gerade zu Kilian und Lysander, was sie für liebe und gut erzogene

Jungs sind und dass ihre Mutter bestimmt sehr stolz auf sie ist.« Sie legte den Kopf leicht zur Seite und sah Frau Zimmermann an. Diese verzog ihren Mund, sagte aber kein Wort. Sie griff beide Jungs an jeweils einer Schulter und zog sie zu sich, ihre Fingerknöchel kamen weiß hervor und die Kinder versuchten, sich aus ihrem Griff zu befreien.

»Lass los, Mama!« Kilian heulte auf, doch seine Mutter beachtete ihn gar nicht.

»Frau Goraya«, setzte die Starke wieder an. »Wenn Sie hier schon zu nichts zu gebrauchen sind, machen Sie sich doch mal im Vorführungsraum nützlich.« Mit hochgezogenen Augenbrauen sah sie Kala an und verschränkte dann die Arme vor der Brust.

Kala zog wütend die Augenbrauen zusammen und ballte die Hände zu Fäusten, aber mit lieblicher Stimme bat sie Frau Zimmermann, ihr zu folgen.

»Je nachdem, was Sie mit Frau Starke vereinbart haben, sehen Sie hier Sargmodelle. Ich nehme an, Sie bevorzugen Premium?«

»Ich bevorzuge Urnen. Ich will nicht, dass es der Polizei noch in den Sinn kommt, meinen Mann eventuell noch einmal auszugraben. Das soll ihm doch bitte erspart bleiben. Urnen, bitte!«

Eine seltsame Aussage, dachte Kala während sie sich zu den Urnen drehte.

Kilian und Lysander hatten nur auf den Moment gewartet, dass ihre Mutter sich nicht mehr auf sie konzentrierte. Mit lautem Kriegsgeschrei rannten sie davon und spielten zwischen den Särgen Fangen.

»Ach, die Kinder« knirschte Sabine Starke zwischen ihren Zähnen hervor, dann lachte sie unsicher und blickte von Frau Zimmermann zu Kala und wieder zurück. »Kommt mal her, ihr beiden.« Dann machte sie sich auf die Verfolgung, was die Kinder noch mehr erfreute.

»Insbesondere bei Urnen haben wir viele verschiedene Möglichkeiten, Ihren Wünschen und Ansprüchen gerecht zu werden. Wir haben eine zeit- und schmucklose Variante. Wir haben Premiumurnen, wie dieses Modell hier.« Sie nahm eine Urne mit vergoldeten Ornamenten aus dem Regal und präsentierte sie Frau Zimmermann aus allen Richtungen. «Ein sehr schönes Modell, nicht wahr?« Sie wartete gar nicht erst auf eine Antwort, sondern stellte die Urne zurück an ihren Platz und ging zum nächsten Regal. »Dieses Modell ist relativ ähnlich, aber weniger feminin im Design. Vielleicht sagt es Ihnen etwas mehr zu.«

»Diese Urne ist wirklich sehr schön.« Annette Zimmermann nahm die Urne und drehte sie in den Händen.

»Wir haben natürlich auch Urnen, die etwas individueller sind und Bezug zur Person haben. Wir haben Urnen in Fußballform oder in Tierform. Wir können sogar Urnen in Yachtform bestellen. Wäre das etwas für Sie?«

»Papa hat Tennis gespielt!« Killian lief an ihnen vorbei und griff nach der Urne, die wie ein Tennisball aussah.

Sabine Starke kam mit schweren Schritten zu ihnen und hatte Lysander am Pullover gepackt. Grob nahm sie ihrer Kundin die Urne ab und stellte sie zurück. Sie räusperte sich und musste sich eine Sekunde fassen. »Haben Sie etwas gefunden, was Ihnen zusagt, Frau Zimmermann?«

»Tatsächlich hatte mir die Urne sehr zugesagt, die Sie mir gerade aus der Hand gerissen haben.«

»Mir würde es übrigens äußerst entgegenkommen, wenn Sie Ihren lieben Kindern untersagen würden, in die Särge zu klettern. Das ist kein Spielplatz hier!«

Stoisch drehte sich die Zimmermann zu ihren Kindern um. »Das ist kein Spielplatz hier, Jungs! Habt ihr gehört?«

»JA!« brüllte Kilian. »Lysander, fang!« Er warf die Tennisballurne. Doch Lysander fing sie nicht. Noch im Flug drehte sie sich mehrfach um sich selbst und der Deckel, der locker auf der Öffnung gesessen hatte, fiel ab. Sabine Starke lief mit einem lauten Schrei auf den Jungen zu und versuchte, die Urne zu fangen, doch es war zu spät. Ein Nebel aus Asche erfüllte den Raum und bedeckte die Anwesenden. Kala und Annette Zimmermann sahen sich geschockt hustend an.

»Das ist gar nichts, das, das, das könnt ihr ignorieren Kinder!« Die Starke lachte künstlich als sie sich auf den Boden setzte und versuchte, die Asche mit ihren Händen zurück in die Urne zu füllen.

»Ist das ein Toter?« Lysander sah geschockt aus und er blickte fassungslos auf seine Hände und Arme, die besonders viel Asche abbekommen haben.

»Frau Starke, was ist das?« Kala war mit schnellen Schritten zu der Frau am Boden gegangen und klang sehr besorgt.

»Das ist aus dem Staubsauger. Ein bisschen Dreck. Mehr nicht!« Wieder lachte sie unsicher.

Kilian fingerte in dem Aschehaufen an der Stelle, wo die Urne auf dem Boden aufgekommen war.

»Lass die Finger davon! Das ist sehr schädlich für dich! Du kannst davon krank werden!« Kala gab seiner Mutter ein Zeichen, sodass diese dann ihren Sohn ergriff und wegzog.

»Sie werden mir die Reinigung bezahlen!« zischte sie die Starke an.

»Sind Sie sicher, dass das aus dem Staubsauger ist?« Kilian sah Frau Starke an und eine Ascheschicht bedeckte sein Gesicht.

»Natürlich, mein Junge!« Sie tastete mit zitternder Hand nach dem Deckel.

»Und wann haben Sie ein Skelett aufgesaugt?« Er hielt den Rest einer verkohlten knöchernen Fingerkuppe in die Luft.

FÜNF

Die letzten Tage waren nicht nur wie im Fluge vergangen, sondern auch im Chaos ertrunken. Fast das komplette Dorf war auf der Dienststelle aufgelaufen, weil jeder den Verdacht hegte, dass seine Verstorbenen nicht beerdigt worden waren und das Bestattungsinstitut sie um Geld betrogen hatte. Während sich nicht mehr nachvollziehen ließ, welche Personen in den Ausstellungsurnen gelandet waren und schon gar nicht in welchen Urnen, so versuchte Sabine Starke zumindest Antworten auf die dringenden Fragen zu liefern. Dies geschah, so waren sich alle einig, nicht aus dem Grund, dass sie etwas gut machen wollte, sondern in der Hoffnung, dass sich ihre Hilfsbereitschaft strafmindernd auswirken würde.

Es stellte sich heraus, dass es vor einigen Jahren ganz und gar nicht gut lief bei dem Bestattungshaus. Bei Gartenarbeiten kam Sabine Starke dann der Geistesblitz, dass sie, wie sie nicht müde wurde zu betonen, die Verstorbenen auch würdevoll im eigenen Garten bestatten könnte. Natürlich nicht in einer Urne. »Vom Winde verweht«, hatte Lasse Weber mit einem undeutbaren Tonfall gesagt. Nachdem die Gäste den Friedhof verlassen hatten, entnahm sie die natürlich leere Urne, wischte den Schmutz ab und stellte sie wieder in das Regal. Manchmal musste sie Asche jedoch zwischenlagern. Insbesondere bei Bodenfrost und Regen. Und manchmal vergaß sie einfach, in welcher Urne sich noch Asche befand. Sabine Starke hatte betroffen zu Boden geblickt, aber Schönbohm hatte den Eindruck, sie war nur betrübt, weil sie aufgeflogen war. Denn es war ein äußerst lukratives Geschäft für sie gewesen.

Die Staatsanwaltschaft fing an, ihm die Hölle heiß zu machen, da die überregionale Presse immer größeres Interesse für die Angelegenheit entwickelte. Er verwies immer an die Pressestelle der Staatsanwaltschaft, doch die konnte natürlich auch noch nicht sonderlich viel sagen, solange die Ermittlungen nicht abgeschlossen waren.

Er blickte seufzend auf die Uhr. »Gleich Feierabend, Weber.«

Dieser gab ein Stöhnen von sich. »Warum sind die letzten Minuten immer so gedehnt? Als würde man fünf Tage extra arbeiten.«

Schönbohm lachte. »Ist wirklich so.« Er streckte die Arme über den Kopf und versuchte, die Verspannung in seinen Schultern zu lösen.

Die Tür öffnete sich zaghaft und eine ältere Dame trat ein. Weber und Schönbohm wechselten einen schnellen Blick. Sie wussten, es würde länger dauern.

»Hallo, wie können wir Ihnen helfen?« Schönbohm stand auf und ging ihr entgegen.

»Lasse, Junge, kommst du mal.« Sie bedachte Schönbohm mit einem knappen Nicken und Weber stand mit knackenden Knien von seinem Stuhl auf.

»Was können wir für Sie tun?«, wiederholte er die Frage des Dienststellenleiters.

Unbehaglich wischte die Frau einen imaginären Fleck von ihrem beigen Kamelhaarmantel. »Junge, ich

denke, die Starke hat meinen Lothar nicht beerdigt.«
Sie legte die linke Hand auf den Empfangstresen und
sah die Männer abwechselnd an.

»Aber er wurde doch nicht verbrannt, wenn ich
mich richtig entsinne, oder?« Er fuhr sich mit der
Hand durch das Haar und sah Schönbohm besorgt an.

»Frau Starke hat gesagt, sie sei nur bei Urnenbestat-
tungen so vorgegangen.« Schönbohm verschränkte
die Hände vor der Brust. »Und wie soll man einen
Körper einfach verschwinden lassen?«

»Aber es ist so!« Mit der rechten Hand donnerte sie
ihren Regenschirm, der ihr als Gehstock diente, auf
den Fußboden.

»Setzen wir uns erst einmal hin und Sie erklären
uns, wie Sie zu dem Verdacht kommen. Möchten Sie
einen Kaffee?«

Die alte Frau schüttelte energisch den Kopf und ihre
Stirn legte sich verärgert in Falten. »Ich will weder
Kaffee, noch will ich mich setzen. Ich habe zu lange
rumgesessen und Kaffee getrunken. Ich will jetzt Antworten!« Ihre Augen wurden glasig und sie blinzelte
ärgerlich eine Träne weg. Der Regenschirm wechselte
die Seite und mit dem rechten Zeigefinger zeigte sie
auf Weber.

»Lasse, Junge, versprich mir, dass du dich darum
kümmerst! Ich will Lothar finden und bestatten!«

Wie ein Schuljunge nickte er geflissentlich. »Ja, Frau
Eichmann.«

Unverwandt drehte sie sich zu Schönbohm und
räusperte sich. »Lothar ist mein Sohn. Er war zu fett.
185 kg bei nur 1,70 m. Er ist eingeschlafen und nicht
mehr aufgewacht. Der Arzt sagte, sein eigenes Gewicht hat ihn erdrückt. So etwas soll wohl manchmal
passieren.« Abgeklärt zuckte sie mit den schmalen

Schultern. »Ich habe ihn von Starkes bestatten lassen. Ich kannte ja noch den Vater der Sabine. Der war ein anständiger Mann, hat immer viel gearbeitet und nie die Nase hochgetragen wie seine Tochter. Wenn Erntezeit war, hat der geholfen und mit angepackt! Aber früher war alles anders. Jedenfalls wollte ich die Beerdigung klassisch. Keine gebuchten Trauergäste oder so. Lothar hatte sich zwar lange Zeit zurückgezogen, weil er ja auch nicht mehr viel machen konnte, aber er hatte ja trotzdem noch Freunde. Ich hatte sie gebeten, Sargträger zu sein. Sie hatten ihn lange nicht mehr gesehen, nur über das Telefon gesprochen, bestenfalls. Das Erste, was die mich fragen, war, wieviel er denn abgenommen hatte! Abgenommen! Einzig und allein den Deckel vom Topf hat Lothar abgenommen, aber nie und nimmer Gewicht!«

Schönbohm spürte Webers Blick auf sich. Langsam atmete er aus und blickte einen Moment auf den Boden. »Ich denke, wir sollten eine Exhumierung beantragen. In Anbetracht der Geschehnisse sollte das kein Problem sein, aber die Staatsanwaltschaft wird natürlich fluchen.«

»Wissen Sie, um sein Geld betrogen zu werden, ist das Eine. Aber wenn der eigene Sohn verschwindet, vielleicht in einem Loch verscharrt wurde, dann ist das etwas ganz Anderes!«

Die Männer nickten betroffen und Schönbohm legte eine Hand auf ihren Rücken.

»Der Herr Weber geht das jetzt noch einmal im Detail mit Ihnen durch, erfasst Ihre Personalien und dann leiten wir das an die Staatsanwaltschaft weiter. Es dauert allerdings immer ein bisschen, bis so eine Exhumierung genehmigt wird, das muss ich gleich dazu sagen.«

»Das macht mir gar nichts. Und wenn es ein Jahr dauert, aber ich will wissen, was mit Lothar ist.« Wieder hatte die kleine alte Dame einen zornigen, aber entschlossenen Blick.

»Ich hoffe, wir werden es herausfinden. Wir werden dann ein weiteres Mal mit Frau Starke sprechen. Ich denke, jetzt wird es keinen Sinn haben. Aber nach der Exhumierung und wenn sich Ihr Verdacht bestätigen sollte, dann haben wir natürlich die Beweise, die gegen sie sprechen, egal, wie heftig sie es bestreitet.«

»Ich verstehe. Sie werden es so machen, wie Sie es für richtig halten. Sie sind der Experte. Ich vertraue Ihnen.« Nun war sie es, die ihm die Hand entschlossen entgegenstreckte. Ihr Händedruck war überraschend fest.

»Ich mag es, wenn man ehrlich mit mir spricht und mich nicht verscheißert. Deshalb kann ich Sie jetzt gut leiden, Junge. Ich dachte, Sie sind wie so ein Kommissar aus dem Fernsehen, der immer sofort verspricht, dass alles gut wird und er alles tut und wenn er dabei umkommt.«

Lachend blickte er zu Boden und Weber gluckste überrascht.

»Ich bin froh, dass Sie nicht so sind.«

»Das ist nur das Fernsehen, nicht die Realität. Das darf man nicht immer zu ernst nehmen.« Er zwinkerte sie an und blickte dann auf Weber. »Würden Sie so gut sein und jetzt den Bericht schreiben? Ich werde in der anderen Sache die Immobilienmaklerin anrufen. Das ist ein bisschen untergegangen in den letzten Tagen.«

»Kein Ding, das mache ich.«

Schönbohm wartete bis Weber und Frau Eichmann am Schreibtisch Platz genommen hatten, dann ging er langsam zu seinem eigenen. Er hat keine Eile. Er suchte die Nummer der Maklerin heraus und lauschte dem Freizeichen des Telefons. Es knackte in der Leitung, dann hörte er die einschläfernde Stimme auf der Mobilbox:

»Einen schönen guten Tag! Hier ist die Mobilbox von Yvonne Hülsebusch. Wahrscheinlich verkaufe ich gerade jemandem sein Traumhaus, deshalb können Sie mich nicht erreichen. Hinterlassen Sie Ihren Namen, Ihre Nummer und Ihr Anliegen, dann rufe ich Sie umgehend zurück.«

Er sah auf die Uhr und hinterließ dann seine Kontaktdaten. Wahrscheinlich hatte sie schon Feierabend, dachte er und freute sich insgeheim auf seinen eigenen. Er machte eine Notiz für die Akte mit Datum und Uhrzeit und vermerkte, dass sie nicht erreichbar gewesen war. Er sah nach, ob eine E-Mail eingegangen war, trank einen Schluck Wasser und stand dann auf, um zu Weber und der älteren Dame zu gehen.

»Sind wir hier fertig?« fragte er.

»Ich muss noch unterschreiben«, krächzte sie und blickte auf den Drucker, der just in dem Moment den getippten Bericht ausdruckte.

»Einen Moment noch, Cheffe.« Weber nahm die Blätter, drehte sie einmal, überflog alles und schob sie dann über den Schreibtisch.

»Wenn wir dann hier fertig sind, gehen wir einfach alle zusammen und machen Feierabend, ja?«

»Und wenn ein Notfall ist?« Die Frau sah ihn besorgt an.

»Hier gibt es nur Weber und mich. Wenn wir nicht da sind, oder keine Bereitschaft haben, dann geht der Notfall zur nächsten Dienststelle, die besetzt ist. War das vorher nicht so?« Er blickte Weber fragend an.

»Ich nehme es an«, stotterte er.

»Wie auch immer, wir gehen jetzt.« Schönbohm schob beide vor sich aus dem Gebäude und schloss ab.

SECHS

Marco Schönbohm hatte schlecht geschlafen. Er lag im Bett und fühlte sich wie ein Zombie. Fast minütlich ging das Licht der Nachbarn an. Es waren nicht seine direkten Nachbarn, die den Bewegungsmelder hatten, sondern die »Gartennachbarn«. Das Ende ihres Gartens grenzte an das Ende seines Gartens. Dieser Nachbar wohnte tatsächlich in einer anderen Straße. Wer dieser Idiot war, wusste er nicht und noch viel weniger wusste er, warum jemand einen Bewegungsmelder zum Garten hin ausgerichtet hatte, sodass bei jedem Tier, das durch den Garten huschte und bei jedem Wind, der die Äste in Bewegung brachte, das Licht anging. Aber nicht nur das. Auch war es kein normaler Bewegungsmelder, sondern offensichtlich ein Flutlicht. Natürlich, denn es musste ja mehr als nur eine Haustür beleuchtete werden. Sein Garten und sein Schlafzimmer zum Beispiel. Beleuchtet wie ein Fußballstadion. Kala hatte sich ihre Schlafmaske über die Augen gezogen und war einfach eingeschlafen. Aber er? Er hat seinen Kopf unter dem Kissen begraben, er hatte sich die Bettdecke über den Kopf gezogen. Aber Fakt war, dass es ihn regelrecht ankotzte und er sich so in seine Verärgerung hineingesteigert hatte, dass er aus diesem Grund nicht mehr schlafen konnte.

Um 1:30 Uhr zog er sich leise an und machte sich auf den Weg ins Büro. Er hatte noch ein bisschen

Schreibkram zu erledigen und jetzt würde er es ungestört tun können. Täglich kamen Personen, die wegen des »Bestattungsskandals«, wie es der Pullstedter Express so schön formuliert hatte, einen Verdacht äußerten oder Sabine Starke direkt anzeigen wollten. Dass eine Identifizierung von professionell eingeäscherten Personen in der Regel nicht möglich war, wollten die meisten Leute nicht hören.

So still und leise wie möglich verließ er das Haus, um Kala nicht zu wecken. Er schloss die Tür und blieb einen Moment stehen. Tief sog er die kühle Luft ein. Ein kalter Windstoß ließ ihn frösteln. Schönbohm schüttelte sich unwillkürlich und machte sich schnellen Schrittes auf den Weg zum Büro. Auf halber Strecke passierte ihn ein Fahrrad. Noch bevor er die bekannten Schlangenlinien bemerkte, erkannte er Micha Lüdermann. Schönbohm hob leicht den Arm und wollte ihm hinterherrufen, besann sich jedoch anders. Es wäre keinem geholfen, wenn er alle mit seinem Ruf wecken würde. Er würde den Lüdermann einfach vorladen. Alkoholisiert im Straßenverkehr. Er steckte seine kalten Hände in die Taschen und ging um die Kurve. Dort war er wieder. Micha Lüdermann. Schönbohm hatte das vage dramatische Gefühl, er hätte seine Nemesis gefunden. Lüdermann war immer da, aber nie zu fassen. Aber nun war er hier, direkt vor ihm. In greifbarer Nähe. Schönbohm verringerte mit schnellen Schritten den Abstand zwischen sich und dem Mann. Dann rieb er sich die Augen ob des Anblickes, der sich ihm bot. Lüdermann urinierte in einen Briefkasten.

»Herr Lüdermann, halt! Fahren Sie nicht weg! Was machen Sie denn da?«

»Ich spare Wasser«, lallte er in Schönbohms Richtung.

»Wie sparen Sie auf diese Weise bitte Wasser?« Schönbohm stellte sich breitbeinig und mit vor der Brust verschränkten Armen vor ihm auf.

»Ich muss nicht die Toilette spülen. Ist doch klar.« Er blickte wieder auf das, was er tat und besann sich dann betrunken eines Besseren: »Okay, Sie haben mich erwischt, Sheriff. Das war eine schamlose Lüge. Lüüüge! Tatsächlich bin ich Gebäudereiniger. Ich spüle diesen schmuddeligen Briefkasten aus.« Er lachte betrunken und schwankte mit seinem Fahrrad, auf dem er noch halb saß.

»Ich denke, Sie kommen jetzt mal mit mir mit. Ein bisschen ausnüchtern.«

Micha Lüdermann drehte sich abrupt um und pinkelte Schönbohm an. Dieser machte mit erhobenen Armen einen Satz nach hinten und sah dann zu, wie Lüdermann laut johlend wegfuhr. Schlangenlinien.

»Sind hier eigentlich alle geisteskrank?« Wütend schnaufte Schönbohm. Ein Fenster öffnete sich und ein derbes »Halt die Fresse, es ist mitten in der Nacht!« kam ihm entgegen.

Angesäuert marschierte er schnellen Schrittes Richtung Wache. Dort würde er duschen. Glücklicherweise hatte er in seinem Spind immer Ersatzkleidung. Seine ohnehin schon schlechte Laune war nun jenseits von Gut und Böse. Morgen würde er erst dem Nachbarn und dann Lüdermann einen Besuch abstatten. Er näherte sich der Dienststelle und sah Licht brennen. Er stutzte und merkte, wie er sich unwillkürlich anspannte. Kurz ging er in Gedanken durch, wie er Frau Eichmann und Herrn Weber hinaus bugsiert und abgeschlossen hatte. Aber hatte er vergessen, das Licht auszumachen? Würde ein Einbrecher so dumm sein und Licht anmachen? Na ja, dachte er, in Pullstedt wäre das nicht ausgeschlossen. Er schlich sich näher an das Gebäude und spähte durch das Fenster. Der Hauch eines Schattens huschte durch sein Blickfeld. Er drückte sich mit dem Rücken an die Wand. Also war doch jemand in der Wache. Ein Mitglied der Familie Starke im Bestattungsskandal? Zimmermanns Mörder? Er zog die Dienstwaffe und öffnete leise und vorsichtig die Tür. Eine korpulente Person war über den Schreibtisch gebeugt. Er sah nur den Rücken.

»Drehen Sie sich ganz langsam um. Hände nach oben!«

»Wollen Sie mich verarschen?« Die Frau drehte sich um. Sie trug eine blaue Jeggins, ein Hybrid aus Jeans und Leggins, die an den Knien ausgebeult war und ein Oberteil, das hinten länger war als vorne. Sie hatte die Hände über ihre kurze burschikose Minipli-Dauerwelle gehoben.

»Wer sind Sie und was machen Sie hier?«

»Ich bin Barbara Rautmann. Ich arbeite hier!« Sie ließ die Hände schlapp an ihre Seiten fallen als hätte jegliche Kraft sie verlassen.

»Oh, Frau Rautmann. Ich habe Sie noch gar nicht gesehen, ich dachte schon, Sie wären ein Phantom.«

»Gut, dann können Sie Ihren Bumsapparat jetzt wegstecken, ja?«

Als er fragend die Augenbrauen hochzog, deutete sie mit einem Nicken auf seine Dienstwaffe.

»Oh, ja.« Verlegen lachte Schönbohm, steckte die Waffe weg und kam näher, um ihr die Hand zum Gruß entgegenzustrecken. Angewidert sah sie ihn von oben bis unten an.

»Das ist nicht meine Pisse. Ich bin auf den betrunkenen Lüdermann getroffen.«

Barbara Rautmann lachte heiser. »Das Adjektiv 'betrunken' hätten Sie sich sparen können. Das ist ja der Werkszustand bei dem. Vielleicht sollten Sie besser duschen gehen und sich impfen lassen. Ich mache dann hier in der Zwischenzeit weiter.«

Nachdem Schönbohm geduscht und sich angezogen hatte, steckte er die verdreckte Wäsche in einen Müllsack. Ob er die Wäsche so mit nach Hause nehmen wollte, um sie zu waschen oder ob er sie direkt in die Mülltonne warf, ließ er noch offen.

Frau Rautmann saß am Schreibtisch und tippte. Für einen Moment fragte sich Schönbohm, was sie wohl tippte, da er und Weber alles direkt schrieben und, abgesehen von den neuen unvorhergesehenen Wendungen, es bei der Pullstedter Polizei nicht viel zu schreiben gab.

»Was machen Sie eigentlich zu dieser Zeit hier?« Er zog einen Stuhl heran und setzte sich zu ihr.

»Das könnte ich Sie auch fragen.« Sie sah ihn an und tippte ungerührt weiter.

»Auch wenn es nicht so scheint, kam ich hierher, um zu arbeiten. Bis ich vollgepisst wurde. Meine Gartennachbarn haben ein Flutlicht als Bewegungsmelder mit Ausrichtung auf mein Schlafzimmer. Und Sie?«

»Ich arbeite.« Sie sah ihn leer an.

»Aber warum um diese Zeit?«

Sie hörte auf zu schreiben. »Weil ich tagsüber beschäftigt bin. Ich arbeite ja noch bei Starkes und in der Dosenfabrik. Und dann noch bei Rauls in der Gärtnerei. In der Gastronomie auch.«

»Schlafen Sie jemals?«

»Ja, an Dienstagen.«

Beide lachten.

»Kommen Sie, ich habe hier Tee. Holen Sie Ihre Tasse.« Sie schwenkte eine Thermoskanne.

»Nein, danke, ich bin nicht so der Teetrinker.«

»Probieren Sie!«

»Wissen Sie, ich trinke Tee nur mit Honig.«

»Es ist unhöflich, einfach abzulehnen.« Sie warf Schönbohm einen vorwurfsvollen Blick zu, sodass er widerwillig aufstand und sich seine Tasse holte. »Wir sind hier auf der Wache eine große Familie! Und jeden Donnerstag muss jemand kochen und mitbringen. Sie sind dran, so als Neuling!«

Unzufrieden schnaufte Schönbohm, er konnte nicht kochen. Barbara Rautmann schenkte ihm ein und prostete ihm auf gute Zusammenarbeit zu. Er hob die Tasse an und wusste sofort, dass es sich nicht um Tee handelte.

Sie kicherte.

»Frau Rautmann, das ist doch kein Tee.«

»Tee ist auch nur warmes Wasser. Warmer Rum ist quasi Tee. Besteht Rum nicht auch irgendwie aus Wasser? Er ist schließlich flüssig. Und außerdem sind Sie gar nicht offiziell im Dienst. Richtig?«

Er konnte da natürlich nicht widersprechen. »Und was ist mit Ihnen?«

»Ach«, wehrte sie ab, »das ist nur ein 450€-Job.«
Wieder lachte sie heiser. »Nennen Sie mich doch bitte,
Babs.«

»Babs?«

»Na ja, Barbara.« Sie zuckte mit den Schultern.

»Nein, nein, das ist ein bisschen früh.«

»Wenigstens Bärbel? Hm?« Sie gab einen Laut von
sich wie ein junger Hund und legte ihren Minipli-
Kopf schief.

»Bestenfalls Rauti«, lenkte er ein und sie lachte.

»Da wir jetzt so schön beisammen sitzen...« Sie
schwenkte ihren Becher und nahm einen großen
Schluck. »Ich möchte mich entschuldigen, dass ich
Ihnen die Hundekacke vor die Tür gelegt habe.«

Schönbohms Augen wurden groß. »Sie waren das?«
Er blickte sie ungläubig an.

»Ja, natürlich. Das machen wir hier immer so. Also
ich. Ein bisschen die Neuen ärgern.«

»Na, vielen Dank.« Seine Stimme klang säuerlich.

»Seien Sie froh, dass ich Ihr Haus noch nicht mit Ei-
ern bombardiert habe.« Sie kicherte wieder und deutete einen Wurf an und imitierte dann das Geräusch
einer Explosion.

»Was wäre denn davon die Steigerung? Sie kacken
mir auf den Rasen?«

Barbara Rautmann wurde ganz aufgeregt und rief:
»Eine gute Idee!«

Schönbohm schnaufte. »Und ich dachte, das wären
Kinder oder Jugendliche gewesen.«

»Großer Fehler Ihrerseits. Wie kann ein Polizist nur
so naiv und klischeedenkend sein?«

»Tja, vielleicht dachte ich, dass sich erwachsene Personen auch wie solche verhalten und so etwas nicht
tun? Dann, ja, dann war das wohl mein Fehler.«

»Keine Sorge, Jungchen, wir kriegen Sie schon noch groß. So ein Fehler passiert Ihnen hier kein zweites Mal.«

»Na ja, bei den verhaltenskreativen Bewohnern von Pullstedt bin ich mir nicht so sicher. Schließlich hat mich heute ein erwachsener Mann vollgepinkelt und ist dann mit offener Hose weggeradelt.«

Mit offenem Mund sah die Rautmann ihn an, dann beugte sie sich lachend vorne über und schlug mit der Hand auf den Schreibtisch.

»Der Schwanz hing raus beim Fahrradfahren? Ich fass es nicht! Kein Wunder, dass Sie traumatisiert sind.« Wieder fing sie an zu lachen und Tränen traten in ihre Augen.

»Trinken Sie lieber noch ein bisschen von unserem Geheimtee, dann vergessen Sie das Erlebnis der dritten Art vielleicht.«

»Frau Rautmann, wenn ich so viel trinke, dann bin ich tot. Dann können Sie gleich meinen Papierkram für das Bestattungsinstitut erledigen.«

»Ich mach's wie die Starke und werfe sie als Dünger in meinen Garten.« Sie lachte und wurde dann ernst. »Denken Sie, die werden wieder öffnen?«

»Für mich deutet es eher auf ein Berufsverbot hin. Wir werden sehen, was passiert.« Er zuckte mit den Schultern und nahm dann einen weiteren Schluck des Rautmann'schen Tees, der ihm im Hals und in den Augen brannte.

»Ich meinte nicht, ob die Starkes den Betrieb fortführen werden, sondern ob das Bestattungshaus weiter existieren wird.«

»Wenn sich jemand findet, der es übernimmt...«

»Wieso kauft Ihre bessere Hälfte es nicht einfach. Ich habe gehört, sie ist vom Fach.« Sie zwinkerte ihm zu.

»Ich werde es ihr vorschlagen. Wahrscheinlich geht dann das Gerede los, dass sie sich ins gemachte Nest gesetzt hat oder so.«

Sie winkte ab. »Hier reden die Leute sowieso. Ob Sie ihnen einen Grund geben oder nicht. Hier sind alle alt und haben nichts zu tun außer zu Reden. Wie Sie damit umgehen, bleibt Ihnen überlassen.«

Er schwieg und hing seinen Gedanken nach.

»Pullstedt ist eben nicht die Stadt, richtig?«

»Ja, mir fehlt ein bisschen die Anonymität.«

Sie lachte wieder. »Anonymität können Sie hier völlig vergessen. Was hat Sie überhaupt hierher verschlagen? Sind Sie freiwillig hier?«

Er hustete als er sich am Grog verschluckte. »So würde ich das nicht sagen. Ich bin hier aufgrund politischen Drucks.«

»Politischen Drucks?«, echote die Rautmann und nestelte an ihrem hochgerollten Ärmel. Schönbohm erkannte die Aluminiumgummibänder aus den 90er Jahren, die man in die Ärmel rollte und die dann verhinderten, dass sich die Ärmel runterrutschten.

»Was denn für politischer Druck?« hakte sie nach. »Ich denke mal nicht, dass der Bürgermeister Interesse daran hat.«

Er zuckte mit den Achseln. »Vermutlich eher in höherer Position.«

Die Rautmann lachte wieder ihr heiseres Lachen und die kleinen Minipli-Locken wackelten auf und ab wie Sprungfedern.

»Nun machen Sie sich mal nicht wichtiger als Sie sind!«

Schönbohm schenkte sich noch einmal ein und er merkte bereits wie der Alkohol sich warm in seinem Inneren ausbreitete. Das war gleich viel besser als draußen vollgepisst in der Kälte zu stehen. Fremduriniert, korrigierte er sich in Gedanken. Das klang viel besser.

»Ich denke«, sagte er und hob oberlehrerhaft den Zeigefinger »das ist was Persönliches.«

»Ego und Paranoia?« Sie sah ihn ernst an und lachte wieder.

»Nein, wirklich. Es gab da einen Zwischenfall und ich denke, ich wurde strafversetzt.« Er stützte sich mit dem Ellenbogen auf dem Schreibtisch ab und beobachtete seine 450-Euro-Schreibkraft wie sie ihren Becher leerte. Schönbohm hatte ganz vergessen, wie schnell warmer Alkohol Wirkung zeigte.

»Was ist denn passiert?« Ihre Stimme klang fröhlich.

»Das ist vertraulich. Keiner weiß es bis auf meinen Vorgesetzten. Natürlich, er war ja dabei. Ich fange an, wie ein Schwachsinniger zu reden. Das ist zu viel warmer Alkohol für mich.«

»Aber jetzt ist es zu spät, also warum nicht noch einen trinken?« Sie füllte und hob ihren Becher und prostete ihm erneut zu.

Sein Kopf war plötzlich sehr schwer und wie mit Watte gefüllt.

»Wissen Sie, Rauti, ich habe auf meinen Chef geschissen, äh, geschossen.« Er sah sie mit der treu-doofen Miene eines friedlichen Betrunkenen an. »Es war so ähnlich wie heute. Ich bin nachts nochmal zur Arbeit gegangen. Eigentlich hätten Kollegen dort sein müssen, Nachtschicht. Aber es ging gerade der Norovirus rum. Viele Krankheitsfälle und alle wurden ein

73

bisschen verteilt und die Nachtschichten gekürzt. Ich dachte, es wäre keiner dort. Und dann habe ich ihn gesehen. Und war erschrocken.«

Frau Rautmann fasste sich an den Hals und verzog ihr Gesicht. »Na dann hatte ich diese Nacht ja richtig Glück, dass Sie mich nicht umbringen wollten.« Sie presste die Lippen aufeinander und zog die Mundwinkel nach unten.

»Die Sache ist«, lallte Schönbohm, »er wollte die Schreibkraft umbringen. Er stand über sie gebeugt und im Dunkeln sah ich nur, wie ihre Hände durch die Luft flogen, so als würde sie sich irgendwie panisch wehren. Es stellte sich heraus, dass sie einfach nur Sex hatten.«

»Sie haben auf Ihren Chef geschossen, während er Sex hatte?«

»Hm«, machte er und zuckte entschuldigend mit den Schultern und grinste unschuldig.

Wieder lachte die Rautmann ihr typisches Lachen.

»Natürlich ist mein Vorgesetzter verheiratet. Und seine Frau sollte es nicht erfahren. Und auch niemand anderes. Also mussten wir uns eine Geschichte für die interne Ermittlung einfallen lassen. Wir haben einfach erzählt, er hätte mich im Dunkeln überrascht und ich Angsthase habe geschossen.«

»Nicht einmal ich halte die Geschichte für glaubwürdig und ich war dreimal verheiratet. Mein Gott, Sie Stimmungskiller!«

Es war ein frostiger Morgen. Der erste Raureif des Herbstes lag auf den Gräsern und Büschen und ein kalter Wind pfiff über die Dächer von deren Schornsteine hellgrauer Rauch aufstieg. In eine dicke rote

Daunenjacke gehüllt, eilte die Frau über die Straße. Sie zog das gestrickte Stirnband ein bisschen tiefer, sodass es ihre Ohren wärmte. Sie trug eine enge schwarze Hose und dazu schwarze Stiefel. Aufmerksam sah sie sich um und betrat dann den verlassenen Hof. Vorsichtig spähte sie in die Fenster. Sie legte die Hand an ihre Stirn, um eine Spiegelung der Fensterscheibe zu vermeiden. Doch sie konnte nicht viel erkennen. Es war alles noch so, wie es war als der alte Herr Jänner gestorben war. Ein paar Müllsäcke waren hier und da verstreut, die der Zimmermann immer dann gefüllt hatte, wenn er keine Lust hatte, etwas Anderes zu Ende zu bringen, bevor er dann wieder unorganisiert an einer anderen Ecke weitergemacht hatte.

Sie kramte ihr Telefon aus der Jackentasche und drückte die Wahlwiederholung. Aufmerksam und mit zur Seite geneigtem Kopf lauschte sie. Der Anruf wurde an die Mailbox weitergeleitet. Sie beendete den Anruf und steckte seufzend das Telefon ein. Ihre hellbraunen Augen wanderten unruhig hin und her. Sie hob ihre Hand und kaute nachdenklich an ihrem Daumennagel während sie sich mit dem Rücken an die Hauswand neben einer Strebe des Gerüsts lehnte. Einen Moment stand sie da und überlegte angestrengt. Der Wind ließ das Laub der Bäume rascheln und ein Vogel flog zeternd davon. Die Frau hielt unwillkürlich die Luft an und wartete ab, ob jemand kam. Ein Mädchen mit einer Ziege an einer Hundeleine, die einen kleinen Wagen mit Zeitungen zog, ging die Straße entlang. Das Mädchen verteilte den Pullstedter Express und beachtete sie gar nicht. Entschlossen stieß sich die Frau von der Wand ab und marschierte zur Haustür. Sie nestelte an ihrer Hosentasche, zog einen Schlüssel hervor und schloss auf.

Die schwere Holztür war dunkel, beinahe schwarz und hatte einfache Schnitzereien, erhabene, perfekte Kreise. Sie schloss die Tür, die jedoch noch einmal aus dem Schloss sprang und mit Kraft schloss sie die Tür erneut. Sie atmete tief ein. Sie mochte den Geruch von alten Häusern. Von alten, leeren Häusern. Wenn sie etwas nicht ertragen konnte, dann waren das die Nachkriegsbettenburgen mit der rauen grauen gestrichenen Fassade, in denen es bereits im Hausflur nach gekochtem Kohl roch. Bei dem Gedanken drehte sich ihr der Magen um.

Aber leere Häuser... Wenn eine zarte Staubschicht die Oberflächen bedeckte, war es, als würde die Zeit stillstehen. Sie lächelte und schob den Gedanken beiseite. Sie wusste, dass irgendwann auch die Natur zurückkam. Durch die Ritzen und Fugen und dann war es nur eine Frage der Zeit bis der Schaden irreparabel war. Aber manche Gebäude hatten eben niemanden, der sich um sie kümmerte. Wie dieses. Der frühere Eigentümer hatte keine Verwandtschaft. Das Erbe ging auf den Staat über und bei den angesetzten Versteigerungen hatte sich kein Bieter gefunden, ein Abriss war zu teuer. So waren sie und ihre Schwester ins Spiel gekommen. Während sie selbst eher im Hintergrund die Arbeit erledigte, war Yvonne die kalkulierte, geschickte Verkäuferin. Yvonne. Wo war Yvonne? Sie versuchte ein weiteres Mal, ihre Schwester anzurufen, doch wieder vergeblich.

Es war dunkel in dem großen Flur. Das Oberlicht über der Tür erhellte nur einen Teil. Sie tastete nach dem Lichtschalter und sah dann den Staub im Schein der Deckenlampe tanzen. Direkt rechts neben der Tür befand sich eine schmale Treppe in die obere Etage.

Geradeaus war eine große Speisekammer mit Hauswirtschaftsraum. Von dort ging es nach links zu zwei weiteren Räumen: Einem Esszimmer und einem Wohnzimmer. Rechts befand sich die Küche und ein gemütlicher Raum für kleine Familienfeiern. Oben war ein Bad und die Schlafzimmer. Von dort gab es eine kleine Stiege zum Dachboden, der weiter hinten mit dem Stall verbunden war. Sie hatte den Grundriss noch genau im Kopf.

Überall standen Pappkartons. Sie wusste gar nicht mehr genau, wer diese gefüllt hatte: Die Pflegerin von Herrn Jänner, Herr Zimmermann, ihre Schwester?

Sie blickte in den Karton zu ihrer Linken: Regenschirme, Spazierstöcke mit Plaketten. Nein, dachte sie, es heißt Stocknagel, nicht Plakette. Sie hob einen der Stöcke hoch. »Weiler i. Allgäu« stand darauf. Andere waren schon reichlich zerkratzt. Die Tür unterhalb der Treppe war halb geöffnet. Neugierig schlüpfte sie hinein. Ein hochfloriger Teppichboden verschluckte die Schritte ihrer Stiefel. Sie ging näher zu der altmodischen Schrankwand und betrachtete die Zinnsammlung. Kleine Becher, Löffel und Figuren. Sie legte den Kopf zur Seite und berührte mit den Fingerspitzen die staubige Glasscheibe des Schrankes. Es erinnerte sie an ihren eigenen Großvater, der ebenfalls Zinnzeug gesammelt hatte. Sie riss sich von der staubigen Sammlung los und ihr Blick fiel auf gerahmte Fotografien, die auf einem Karton lagen. Dicke braune Holzrahmen umgaben die Schwarzweißbilder. Vermutlich die Familie Jänner. Ernste hagere Gesichter.

Alle hatten ihre Sonntagskleidung an, die Haare mit einem ordentlichen Scheitel versehen. Frau Jänner trug einen großen Hut. Die weißen Kragen, bis zum obersten Knopf zugeknöpft, sahen steif und unbequem aus.

Ausgeschnittene Sterbeanzeigen der Eltern, alte Trauerkarten, geschrieben in Sütterlin. Sie zuckte zusammen und stolperte polternd über einen der Kartons als sie ein Geräusch in der Küche hörte. Sie wagte es kaum zu atmen, hektisch sah sie sich nach einem Versteck um. Nichts. Leise schlich sie zur Tür und versteckte sich dahinter. Sie hörte Schritte näherkommen, dann stoppten diese. Direkt vor ihr, getrennt nur durch die Tür. Sie begann zu zitternd und ihr Körper bebte. Mit größter Anstrengung unterdrückte sie es, zu schreien. Ganz langsam öffnete sich die Tür ein bisschen weiter und berührte sie fast. Sie schloss die Augen und betete und der kurze Moment kam ihr später vor wie eine Ewigkeit. So langsam wie sich die Tür geöffnet hatte, so schnell schloss sie sich. Sie knallte ins Schloss und der Schlüssel drehte sich. Sie war eingesperrt. Sie spürte wie sich Panik in ihr ausbreitete, wie heißes Wasser, dass man verschüttet hatte. Sie war wie gelähmt.

I I ✒

Schönbohms Handy klingelte. Er öffnete die Augen, zwinkerte mehrmals orientierungslos und schmeckte sofort einen ekelerregenden Geschmack im Mund. Er lag auf zwei Stühlen und alles tat ihm weh. Sein Kopf, sein Nacken, seine Schultern, sein Rücken. Mit einem unmenschlichen Stöhnen richtete er sich auf und drehte den Kopf von rechts nach links und wieder zurück. Das Klingeln des Telefons erstarb. Er blinzelte noch ein paar Mal wild mit den Augen und schmatzte laut. Der Geschmack in seinem Mund war unerträglich. In Zeitlupe erhob er sich und machte sich auf die Suche nach Kopfschmerztabletten. Frau Rautmann war längst gegangen. Aber daran hatte er keine Erinnerung mehr. Mit geschlossenen Augen lehnte er in der Küche am Spülbecken und ließ Wasser in seine Tasse und über den Rand hinaus in die Spüle laufen. Er stand so einige Sekunden regungslos bis sein Telefon erneut klingelte. Mit einem schweren Seufzen stellte er den Wasserhahn ab und schlurfte mit ebenso schweren Schritten ins Büro, wo sein Telefon auf dem Tisch lag.

»Ja?«

»Cheffe, Sie müssen unbedingt kommen! Zum Mordhaus!«

»Mordhaus«, wiederholte Schönbohm langsam und spöttisch. »Wieso kommen Sie nicht erstmal zur Arbeit?«

Weber schnalzte mit der Zunge. »Weil ich schon mitten in der Arbeit drinstecke. Wir haben einen 107! Die Maklerin wurde tot aufgefunden.«

»Scheiße! Ich komme sofort!« Schönbohm schwankte leicht und hatte das Gefühl, er müsse sich übergeben. Er würde nie wieder mit Frau Rautmann trinken. Nein, er würde generell nie wieder trinken.

»Nehmen Sie das Fahrrad, dann sind Sie schneller! Quasi volle Pulle für Pullstedt!«

Schönbohm verdreht die Augen und beendete wortlos den Anruf. Schnell schrieb er eine Nachricht an Kala, damit sie sich keine Sorgen machte. Er würde ihr später alles genau erklären. Er schnappte sich den Dienstdrahtesel und fuhr mit flauem Magen los.

Schönbohm fühlte sich elend. Das hatte er nun davon, dass er nicht aus seinen Fehlern lernen konnte. Merkwürdige Dinge passierten, wenn er nachts ins Büro ging. Und selten kam etwas Gutes dabei heraus.

Als er an dem alten Bauernhof ankam, erschien gleichzeitig der Notarztwagen, der ihn beinahe umfuhr. Im letzten Moment wich der Fahrer des massigen Fahrzeugs aus. Schönbohm, der während der Fahrt vom Rad gesprungen war, fluchte. Er hasste diesen Ort! Ihm war übel, ihm war kalt und er hatte die Nase voll.

Wutentbrannt ging er zur Fahrerseite des Notarztwagens und hinter der geöffneten Tür kam Micha Lüdermann hervor. Wortlos grinste dieser ihn an.

Schönbohm schüttelte den Kopf. »Sind Sie noch ganz zu retten? Was ist mit Ihnen los, Lüdermann?« Aus dem Augenwinkel sah er eine Person näherkommen. Ein Telefon wurde ihm entgegengehalten. Ungeduldig drückte er die Hand mit dem Handy runter.

»Hier wird nicht gefilmt!« sagte er schroff.

Der Mann, der Ähnlichkeit mit einem verstimmten Danny DeVito hatte, wedelte mit der freien Hand vor seinem Gesicht, um sich frische Luft zuzuwedeln. »Puh, da hat wohl jemand zu viel getrunken!«

»Ich sagte, hier wird nicht gefilmt! Haben Sie was an den Ohren?!« Er atmete tief durch und sagte dann viel ruhiger: »Entfernen Sie sich jetzt bitte von der Örtlichkeit! Sie behindern die Polizeiarbeit!«

»Informationsfreiheit«, brummte der kleine Mann und stellte sich, weiterhin mit seinem Telefon filmend, vor: »Anrheiner, Dieter. Vom Pullstedter Express.«

»Was soll das sein? Ein Schnellzug?« Schönbohm sah ihn verärgert an.

»Das ist natürlich die Lokalzeitung. Ich erinnere an die Pressefreiheit.«

»Pressefreiheit... Sie dürfen über alles schreiben, aber nicht überall dabei sein. Und schon gar nicht an einem Tatort. Also entfernen Sie sich bitte, sonst erteile ich Ihnen einen Platzverweis und werde Sie abführen.« Seine Miene war ernst. Er spürte, wie ihm jemand auf die Schulter tippte. Er drehte sich um. Es war Weber. Erleichterung machte sich breit. Im Hintergrund saß eine Frau auf der Haustreppe, eingehüllt in eine Decke. Lüdermann und der Sanitäter kümmerten sich um sie. Schönbohm beschloss, dass er sich Lüdermann das nächste Mal vorknöpfen würde.

»Hatten Sie nicht gesagt, wir hätten einen 107? Sie wissen, dass der Code für einen Leichenfund steht, ja?« Mit der Hand auf Webers Rücken schob er diesen aus dem Umfeld des Lokalreporters.

»Wir haben auch eine Leiche. Kommen Sie mit!« Weber ging eilig voran. Die Haustür war lediglich angelehnt.

»Was ist das eigentlich mit dem Lüdermann? Den treffen wir sonst immer nur besoffen mit dem Fahrrad.«

»Natürlich, Chef, der hat ja auch keinen Führerschein mehr. Dem wurde die Fahrerlaubnis entzogen.«

»Warum hat der keinen Führerschein? Der ist doch gerade den Notarztwagen gefahren!«

»Jaaaaa«, sagte Weber gedehnt, »das ist wieder eine andere Sache. Der Lüdermann stand mal an einer roten Ampel, privat war er unterwegs, und von hinten hörte er eine Sirene und sah dann den Rettungswagen mit Blaulicht näherkommen. Er wollte Platz machen, aber nicht über die rote Ampel fahren, also hat er den

Rückwärtsgang eingelegt und den Notarztwagen, der doch näher war, als er angenommen hatte, gerammt. Und weil das der Micha ist, ist er wieder vorwärtsgefahren, aber natürlich gleich wieder zurück, um Platz zu machen. Dabei hat er den Notarztwagen in den Graben geschoben. Das war an der Kreuzung in Richtung Buddelsbüttel raus. Zum Glück war es nicht so dramatisch, aber die Frau, die ihr Kind im Pullstedter Graben zur Welt bringen musste, war nicht sonderlich begeistert.«

Schönbohm, der Kopfschmerzen bekommen hatte, rieb sich die Schläfen. »Sie wollen mich doch jetzt verarschen, oder?«

Weber schüttelte den Kopf. »Nein. Aber der Micha hatte Glück im Unglück. Sein Anwalt ist ein Fuchs und hat es so geregelt, dass er beruflich noch fahren darf. Sonst würde er arbeitslos werden. Er ist ja nur Fahrer.«

Schönbohm stöhnte gequält. »Ich will es doch lieber nicht wissen, dafür habe ich so gar keinen Nerv im Moment. Erzählen Sie mir lieber, was hier passiert ist!«

»Ich war auf dem Weg zur Arbeit und die Schwester der Maklerin lief hysterisch auf der Straße rum. Geheult hat sie. Als sie die Uniform sah, kam sie auf mich zu. Sie habe ihre Schwester gesucht. Seit Tagen habe sie sie nicht erreichen können. Ihre letzte Info war, dass die Schwester hierherkommen wollte. Da sie einen Schlüssel hatte, ist sie ins Haus gegangen. Sie hat Geräusche gehört, einen Schatten gesehen und wurde eingesperrt.«

»Schatten gesehen...«

»Sie ist dann aus dem Fenster geklettert. Aber in ihrer Panik hat sie das Telefon verloren. Das müsste wohl noch irgendwo auf der Straße liegen.«

Schönbohm sah sich im dunklen Flur um.

»Ich bin dann ins Haus und habe nachgesehen.«

Schönbohm unterbrach ihn energisch: »Wollten Sie alleine einen Mörder stellen, Weber?«

»Aber es war ja gar kein Mörder mehr hier. Stattdessen habe ich lediglich die 107 gefunden.« Sie gingen zur Küche. Eine Wand durchzog die Hälfte des Raumes, dahinter befand sich ein Brennofen und davor, in sich zusammengesunken, lag Yvonne Hülsebusch. Blut durchtränkte ihre Bluse am Rücken. Schönbohm drehte sich um und suchte die Blutspritzer an der Wand.

»Sie wollte hier wohl kein Feuer für einen gemütlichen Abend anzünden, oder?«

»Haben Sie getrunken, Cheffe?« Weber hatte eine Augenbraue fragend hochgezogen und die Hände in die Hüften gestemmt.

»Vor ein paar Stunden habe ich die Bekanntschaft von Frau Rautmann gemacht, die mich auf einen Tee eingeladen hat, nachdem mich der Lüdermann, mal wieder auf dem Fahrrad, vollgepisst hat.«

Weber zog eine irritierte Grimasse. »Sie hatten einen interessanten Feierabend, was?«

»Mein Feierabend wäre weniger nervig gewesen, wenn meine Nachbarin ihren Bewegungsmelder auf die Straße richten würde und nicht auf mein Schlafzimmerfenster.« Er ging zielstrebig zum Ofen und streckte die Hand aus. »Kalt. Wenn hier was gebrannt hat, ist das Feuer schon lange aus.«

»Machen Sie mal auf, Chef!« Weber beugte sie vor und stützte die Hände auf die Oberschenkel, um besser in die Ofentür sehen zu können.

Schönbohm zog die Einmalhandschuhe, die er von der Wache mitgenommen hatte, aus der Tasche und zog sie an. Dann nahm er den Haken, der an der Wand lehnte und öffnete damit die Ofentür. Ein Stück Papier, das sich unter der Tür verklemmt hatte, flatterte auf den Boden. Weber und Schönbohm sahen sich an.

SIEBEN

Am nächsten Tag saß Marco Schönbohm an seinem Schreibtisch auf der Wache und telefonierte mit der zuständigen Staatsanwältin. Vor ihm lag die Lokalzeitung und er sah sich auf der Titelseite: Zerknitterte Kleidung, verstrubbelte Haare, wütender Blick.

»SO BLAU – POLIZEI IM DIENST
Der neue Dienststellenleiter der Polizei Pullstedt, Marco Schönbohm, bringt den Sumpf der Großstadt in unser behagliches Örtchen. Mord und Alkoholismus. Das hat hier nichts zu suchen, findet die Reaktion und hat bereits eine Stellungnahme der Polizeidirektion gefordert. Diese hatte jedoch bis Redaktionsschluss eine Stellungnahme beschämt verweigert.«

Marco hatte den Artikel gar nicht erst bis zum Schluss gelesen. Ein anderer Teil auf der Titelseite fiel ihm jedoch ins Auge:

»VOLLE PULLE FÜR PULLSTEDT
Werden wir jetzt auch in der Kneipe betrogen? Bürgermeisterkandidat Lüdermann erhebt schwere Vorwürfe gegen die Gaststätte Zur Linde. Der Inhaber, Ingo Hopf, wehrt sich vehement gegen den Vorwurf, die Gläser nicht

fachgerecht zu füllen. »Lüdermann kommt ja schon total dicht hierher, der würde es nicht mal merken, wenn ich ihm das Glas mit Pisse vollmache.« *Eine weitere Stellungnahme lehnte Herr Hopf ab. Lüdermann kündigte im Falle einer gewonnenen Bürgermeisterwahl an, der Sache näher auf den Grund zu gehen.«*

Schönbohm schüttelte den Kopf und stützte diesen dann mit der Hand ab.

»Ich hasse diese Pullenser Arschlöcher!« Die wütende Stimme am Telefon riss ihn aus seinen Gedanken.

»Pullstedter«, korrigierte er.

»Von mir aus. Arschloch bleibt Arschloch. Und diese Leute sowieso! Mir ist es egal, wie sehr sich die Presse und die Leute beschweren, Schönbohm, ich bin auf Ihrer Seite.«

»Danke, Frau Staatsanwältin.«

Das monotone Tippen von Webers Schreibtisch erstarb, dann vernahm er das laute Knacken von Knien und Weber ging an ihm vorbei zur Toilette.

»Nichts zu danken«, fuhr Staatsanwältin Böning fort. »Ich weiß, wie es Ihnen geht. Ich hasse die wirklich wie die Pest! Die sind alle geisteskrank in dem Ort. Ich habe hier ein Archiv nur für die Pullenser Eskapaden, allen voran so ein Typ, äh, Lüdermann! Gibt es in der Nähe ein Chemiewerk, das irgendwelche Giftstoffe freisetzt, was diese geistigen Ausfälle erklären kann, Schönbohm?«

»Ich kann es Ihnen nicht sagen. Aber warum sind Sie denn hier, wenn Sie alles so verachten?«

»Politischer Druck«, sagte sie. »Wie bei Ihnen.«

»Was ist Ihr politischer Druck gewesen?«

»Wir haben in Hamburg einmal im Jahr eine Veranstaltung für die Mitarbeiter der Justiz gehabt. Ein Ball, Oper, Theater, Sie wissen, Großstadtentertainment... Jedenfalls unterhalte ich mich mit dem Oberstaatsanwalt und irgendwann geht eine dralle Frau an uns vorbei und das Kleid mindestens drei Nummern zu klein. Und ich habe ja keinen Filter. Ich frage dann also, ob da nicht jemand zu viel Schwein in den Darm gedrückt hat. Na ja, das war seine Frau. Und zack, bin ich hier.«

Schönbohm hustete, um ein Lachen zu kaschieren.

»Und Sie?«

Er überlegte. Er hatte es schon der Rautmann im Suff gesagt, wahrscheinlich wusste es jetzt bereits das ganze Dorf.

»Ich habe den Chef angeschossen, weil ich dachte, er erwürgt die Sekretärin, dabei hatte er nur Sex mit ihr.«

Stille. Dann: »Wow.« Wieder Stille, gefolgt von Gelächter.

»Waren Sie da auf Drogen, Herr Schönbohm?«

»Nein, aber ich konnte nicht schlafen.«

Ein Seufzen an dem anderen Ende der Leitung. »Ich schicke Ihnen ein Paket mit Baldrianmitteln. Gott behüte, Sie fangen eine Schießerei in Pullenstedt an!«

»Pullstedt«, korrigierte er wieder.

Weber kam von der Toilette und das laute Tippgeräusch der billigen Plastiktastatur setzte wieder ein.

»Ach wissen Sie was, von mir aus können Sie diese ganzen streitsüchtigen Lackaffen über den Haufen schießen. Ist Ihnen klar, dass ich schon wieder einen Strafantrag hier liegen habe, wegen Betrugs aufgrund von vorsätzlich falscher Befüllung alkoholischer Getränke?«

Er blickte auf die Titelseite der Zeitung und brummte zustimmend.

»Was ich eigentlich wollte, Frau Böning...«

»Nicht schon wieder eine Exhumierung, Schönbohm! Ich kann es ja verstehen, die einzig erträglichen Pullenser sind die Toten, aber ich kann nicht den ganzen Friedhof ausheben lassen, damit Sie intelligente Gesprächspartner haben!«

»Pullstedter.«

Sie ignorierte seine Korrektur. »Und jetzt sagen Sie mir bitte, dass Sie keine Exhumierung wollen!«

»Ich wollte mit Ihnen eigentlich über den letzten Mord sprechen, aber-« Er drehte sich um, als er die Eingangstür hörte. »Ich habe zu tun, ich rufe Sie später wieder an!«

Frau Rautmann trat ein, in der Hand hielt sie ihre Thermoskanne.

»Weber, egal, was Frau Rautmann Ihnen verspricht oder androht, ich verbiete Ihnen als Ihr Vorgesetzter, dass Sie etwas aus dieser Kanne trinken.«

»Hör einer an, da ist ja wieder jemand ein...« Sie machte eine dramatische Pause. »STIMMUNGSKILLER!«

Schönbohm verdrehte die Augen.

»Weber, es ist verboten.«

Er nickte.

»Nein, ich will kein Nicken, ich will eine verbale Zustimmung. Ich will hören, dass Sie mich verstanden haben. Es ist wichtig!«

»Ich habe verstanden, Chef.«

Frau Rautmann, die wieder eine flattrige Bluse in Übergröße trug, die Ärmel hochgerollt, dazu eine ebenfalls übergroße Weste, ließ sich auf ihren Stuhl fallen. Dann stand sie wieder auf, nahm das Telefon aus der Gesäßtasche, legte es auf den Tisch und setzte sich wieder. Ihr Kopf wackelte mehrfach von rechts nach links als sie sagte: »Wir wollen ja nicht gleich Elektroschrott daraus machen.«

»Wow!« kam es mit Begeisterung von Weber, der sogleich mit seinem Schreibtischstuhl angerollt kam. Er griff nach Rautmanns Handy. »Das ist das neue Samsung, richtig? Oh Frau Rautmann, ich wusste gar nicht, dass Sie so eine Technikbraut sind!«

»Ach Junge«, lachte sie und warf den Kopf zur Seite.

»Dafür arbeiten Sie also so viel.« Schönbohm verschränkte die Arme vor der Brust und lehnte sich wippend in seinem Stuhl zurück.

Sie schüttelte energisch den Kopf. »Nein«, sagte sie gedehnt. »Wissen Sie, wenn man den Akku entfernt, ziemlich genau so«, sagte sie und führte alles genau vor, »dann drückt man hier den Kontakt ein bisschen rein und dann ist es so als würde das Telefon nicht mehr funktionieren, weil ja der Kontakt zur Batterie unterbrochen ist. Und was zahlt man schon für ein kaputtes Telefon?«

Webers Gesicht bestand fast ausschließlich aus überrascht guckenden großen Augen und einem breiten Grinsen. »Frau Rautmann, Sie sind ein Fuchs!«

»Frau Rautmann, Sie sind eine Kriminelle!« korrigierte Schönbohm.

»Wieso kriminell?« Ihr Tonfall war empört. »Ich habe schließlich zu keinem Moment gesagt, dass ich das so gemacht habe. Oder, Lasse?«

Dieser nickte zustimmend.

»Ich habe das jetzt alles nicht gehört.« Vorwurfsvoll schüttelte der Dienststellenleiter mit dem Kopf. »Immerhin beschäftigen wir keine Kleptomanin.«

»Apropos... Bengt Appelhagen hat im Tante-Emma-Laden was mitgehen lassen.«

»Was stimmt mit dem Kind nicht? Und nein, antworten Sie bitte beide nicht, das war eine rhetorische Frage.«

Weber beobachtete fasziniert wie Frau Rautmann den Batteriekontakt des Telefons wieder in die richtige Position bog. Schönbohm räusperte sich und die beiden sahen ihn an.

»Frau Rautmann, Sie sagten den Abend doch, Sie wären Genealogin. Könnten Sie mal einen Blick auf etwas werfen.«

»Ich bin WAS?« Ihre Stimme war schrill geworden. »Genela-was?« Hilfesuchend sah sie Weber an. »Was?«

»Mensch, Frau Rautmann, Ahnenforscherin!«

Sie schob den Kopf nach hinten und das Kinn nach unten, sodass ihr Doppelkinn besonders prall hervorkam. »Ahnenforscherin?«

Dann schlug sie sich die Hand vor die Stirn. »Mein Gott, ich war betrunken. Ich sagte, ich wäre eine

geniale Urologin!« Sie drehte sich zu Weber und steckte die Zunge in die Wange. Der junge Mann lachte unwillkürlich.

Schönbohm dachte an die Worte der Staatsanwältin: »...alle über den Haufen schießen...«

»Aber vielleicht können Sie trotzdem helfen?« Weber drehte seine Augen in Schönbohms Richtung. Barbara Rautmann sprang sofort darauf an.

»Aber ja, natürlich. Ich kann es versuchen. Wenn ich es nicht weiß, sind Sie immerhin nicht dümmer als vorher.«

»Wenn Sie weitersprechen, dann vielleicht schon«, brummte Schönbohm und schob ihr einen transparenten Asservaten-Druckverschlussbeutel entgegen.

Sie betrachtete den darin befindlichen Papierschnipsel

urtsur

bima

Mehr war nicht zu lesen. Ein Teil war verbrannt, der andere Teil war abgerissen worden.

»Ich wollte von Ihnen wissen, ob das möglicherweise eine alte Geburtsurkunde ist.

Nachdenklich legte sie den Finger an die Lippen. Sie war ernst geworden. Ganz langsam nickte sie.

»Das könnte sein. Ich könnte das für Sie recherchieren, wenn Sie wollen. Na ja«, sie lachte, »ich kann es googeln. Oder mal beim Pfarramt nachfragen, ob die so alte Geburtsurkunden haben. Vielleicht waren die früher nicht alle gleich, also standardisiert wie bei uns heute. Aber in dieser Gemeinde müssten sie identisch gewesen sein.«

»Das wäre fantastisch, Frau Rautmann!«

»Warum sollte jemand eine so alte Geburtsurkunde verbrennen?« Weber hatte die Stirn gerunzelt.

»Diese Frage müssen wir erst noch beantworten.«

Klatschend ließ Barbara Rautmann die Hände auf die Oberschenkel fallen. »Oh, das ist ja so spannend, Jungs!«

»Aber während der Recherche wird kein 'Tee' getrunken, ist das klar?«

Sie schnalzte unzufrieden mit der Zunge. »Ja, geht klar.«

»Und wir beide, Weber, exhumieren jetzt den Eichmann. Danach schauen wir noch einmal beim Tatort vorbei.«

Die Rautmann machte ein angewidertes Geräusch. »Sie exhumieren?«

»Frau Rautmann«, sagte er gedehnt und ein bisschen angestrengt, »natürlich machen wir das nicht selbst oder per Hand. Das sagt man doch so, oder nicht?«

Sie schüttelte den Kopf. »Nein, ich bin jetzt 57 Jahre alt, aber ich habe das noch nie so gehört. Aber ich werde das jetzt immer sagen. Irgendwie gefällt mir das, wenn ich darüber nachdenke. Wenn ich jetzt koche, dann exhumiere ich zuerst mal das Hühnchen aus dem Kühlschrank.« Sie lachte und ihr ganzer Körper kam in Wallung.

»Habe ich das so gesagt?« Fragend blickte er Weber an, der mit einer hochgezogenen Augenbraue und irritiertem Blick den Kopf schüttelte. »Frau Rautmann, gehen Sie mir einfach aus den Augen, nerven Sie die Leute im Pfarramt.«

Voller Elan stand sie auf und kopierte das Beweisstück. Mit angewinkelten Armen schob sie die geballten Fäuste nach vorne. »Dann gehe ich jetzt mal eine Geburtsurkunde exhumieren!«

Schönbohm hasste sein Dienstfahrrad. Er hatte es in der kurzen Zeit so oft zu Boden fallen lassen und

getreten, dass es nun – aus Schikane, wie er behaup-
tete - begonnen hatte, elendig zu quietschen. Weber
hatte bereits gemault, dass es ihm peinlich sei, neben
ihm herzufahren. Die Leute würden ja denken, er
quäle einen Hund.

»Jetzt kann ich nichts daran ändern, Weber«, nör-
gelte Schönbohm zurück, der langsam das Gefühl
hatte, er und Weber wären ein altes Ehepaar und die
Rautmann ihr leicht minderbemitteltes Kind. »Ich
nehme es dann nach Dienstschluss mit nach Hause
und schaue, was ich tun kann, wenn es recht ist.«

Noch bevor sie den mit einer Hecke umsäumten
Friedhof leicht außerhalb des Ortes erreicht hatten,
konnten sie eine Vielzahl an Autos sehen.

»Die haben schon ohne uns angefangen. Na, glaubt
es denn einer?« Weber klang empört. Mittlerweile
hatte es angefangen, zu nieseln und ein leichter Dunst
wie Nebel hing tief am Boden.

Weber stellte sein Fahrrad ab und Schönbohm
kämpfte wieder einmal mit dem Fahrradständer.

»Es ist mir egal, was Sie sagen, Weber, das Ding ist
defekt.« Er ließ das Fahrrad los und mit schellender
Klingel fiel es zu Boden. Weber sah kopfschüttelnd zu,
wie Schönbohm seufzte und dann durch das Hecken-
tor auf den Friedhof ging. Eilig wieselte er zu dem
Fahrrad seines Vorgesetzten und lehnte es an die Hecke.

»Sie sind ja schnell bei der Sache. Warum hat mich
denn keiner angerufen, wenn das hier alles früher
vonstattengeht? Schönbohm, angenehm«, grüßte
Schönbohm währenddessen nickend die versammel-
ten Personen.

»Ich wollte eine alte Moderleiche sehen, habe aber
noch einen Termin, sodass ich es nach vorne verlegt

habe. Dem Herrn Eichmann macht es ja nichts mehr aus, nehme ich an.«

Er hörte die Stimme, aber sah niemanden. Schönbohm blickte zu Weber, der hinzugekommen war. »Frau Staatsanwältin Böning?«

Hinter einem der Männer trat eine attraktive brünette Frau hervor. Eine kleine Frau. Eine sehr kleine Frau.

»Wahrscheinlich haben Sie eine größere Person erwartet. Aber was mir an Körpergröße fehlt, mache ich an Persönlichkeit wieder wett.« Sie lachte.

»Am Telefon fluchen Sie jedenfalls wie eine Große. Es ist schön, sie jetzt auch mal persönlich kennenzulernen.« Er beugte sich leicht vor und schüttelte ihre Hand. »Das ist mein Kollege Weber, Lasse Weber.«

»Angenehm.« Sie schüttelte auch ihm die Hand. »Herr Weber, so groß wie Sie sind, hören Sie wahrscheinlich auch ständig blöde Sprüche, oder? Wie ist die Luft da oben und so, richtig?«

Er verdrehte nickend die Augen. »Oh ja, hören Sie bloß auf.«

»Und ich fühle mich schon groß, wenn ich mit hohen Schuhen 1,30m bin.« Wieder lachte sie, dann drehte sie sich abrupt um. »Dann macht das Loch wieder zu, Jungs. Herr Wiesner, ich danke Ihnen, dass Sie so weit gefahren sind, um die Exhumierung durchzuführen. Sie werden nun nicht mehr gebraucht. Bitte stellen Sie Ihre Arbeit der Staatsanwaltschaft in Rechnung. Schönen Tag noch.«

Sie wartete, bis der Mann gegangen war.

»Leider musste ich einen Bestatter von außerhalb mitbringen. In Pullstedt sind ja alle kriminell, da darf keiner mehr arbeiten. Tja, und der Sarg war leer.« Sie klatschte in die Hände und steckte sie dann in die

Taschen ihres roten Trenchcoats. »Ich würde ja an Ihrer Stelle mal die ganzen Rechnungen von Starke Bestattungen durchschauen und ermitteln, wer in dem Zeitraum ebenfalls bestattet worden ist. So finden Sie vielleicht den Eichmann. Und möglicherweise, ich will ja nicht die Pferde scheu machen, fehlen noch ein paar andere Leute in ihren Gräbern.« Sie ließ den Blick über den trüben Friedhof schweifen.

Dann sah Schönbohm eine Person, die direkt auf sie zusteuerte. Gekleidet in der obligatorischen Kittelschürze und mit Latschen marschierte Berta Rehstock-Rosenstein an. In ihrer Hand eine Gießkanne und eine leere Friedhofsvase.

»Hallo, schönen guten Tag, hallo.« Sie nickte eifrig in die Runde und gesellte sich ungefragt dazu. »Mensch, was für ein Aufruhr hier. Das ist ja wirklich eine Sache hier.« Sie blickte hinunter zur Staatsanwältin. »Na hoppla, Sie habe ich ja fast nicht gesehen. So'n halbes Persönchen, im wahrsten Sinne.« Sie lachte gackernd auf. »Sind Sie auch bei der Polizei? Eher so im Bürobereich tätig? Heute sind ja alle so Karrierefrauen. Aber wenn man alleine ist, was hat man dann schon außer Arbeit? Ewald, sag ich immer, das ist mein Mann, Ewald, was machen die ganzen Frauen ohne Männer nur immer? Die haben doch nichts zu tun, außer draußen rumzulaufen und zu arbeiten. Das ist doch kein Leben. Und die arme Frau Eichmann, was hat die nicht schon alles durchgemacht mit ihrem Lothar und jetzt das hier. Was war hier eigentlich los?« Unschuldig guckte sie von einem zum anderen.

»Schieben Sie Ihre Trockenpflaume hier weg bevor ich Sie verhaften lasse!« schnauzte die Böning wenig damenhaft und die Rehstock-Rosenstein und Lasse Weber zuckten beide erschrocken zusammen. Empört murmelnd machte sie sich ohne weiteren Kommentar davon, blieb aber in Hörweite. Zu ihrem Pech gab es jedoch nicht mehr viel zu besprechen.

»Schauen Sie sich die Rechnungen an.« Eindringlich sah Lisa Böning Schönbohm an. »Ich muss jetzt los, aber wir bleiben in Kontakt.«

Die beiden Polizisten sahen ihr hinterher als sie den Friedhof verließ.

»Was für eine Frau«, hauchte Weber.

»Mit der für ihre Körpergröße passend kurzen Zündschnur«, bemerkte Schönbohm.

»Wer ist schon perfekt?«, philosophierte Weber. »Wer, Herr Schönbohm, wer?«

»Was kann ich dagegen schon sagen?« Er beobachtete, wie die Rehstock-Rosenstein am Biomüll rumrumorte. »Möchten Sie zuerst zu ihrem Mordhaus oder die Rechnungen von Starke sichten?«

»Ich will ins Mordhaus. Irgendwie ist das gleich ein bisschen spannender.«

Sie gingen den Weg aus alten Waschbetonplatten entlang, vorbei am Biomüll, in Richtung Ausgang.

»Schönen Tag noch, Frau Rehstock-Rosenstein!«

»Gleichfalls«, bellte sie mit unzufriedenem Tonfall zurück.

Schönbohm lachte. »Austeilen ist bekanntlich immer leichter als einstecken.«

Sie schwangen sich auf die Fahrräder und fuhren los.

»Ich frage mich die ganze Zeit, wer die Geburtsurkunde verbrennen wollte: Die Maklerin oder der Mörder.« Weber sah Schönbohm fragend an.

»Das habe ich mich auch schon gefragt. Und nicht nur das. Sondern auch, wessen Geburtsurkunde das ist. Der Jänner ist ja tot, warum sollte man seine Urkunde verbrennen? Und warum sollte ein Mörder mit einer Geburtsurkunde an den Tatort zurückkommen, um sie dort zu verbrennen? Warum verbrennt er sie überhaupt? Was soll verheimlicht werden?«

»Mysteriös«, flüsterte Weber.

»Oder im Gegenteil, Weber. Die Hülsebusch hatte jetzt wieder das Gebäude am Hacken und wollte ein bisschen aufräumen. Sie hat die Dokumente verbrannt, weil es für sie nutzloser Müll war und der Mörder hat sie überrascht. Die Geburtsurkunde hat nichts mit ihm zu tun.« Schönbohm schnaufte als sie leicht bergauf fuhren.

»Aber warum ausgerechnet auf dem Jännerhof? Da läuft alles zusammen.«

Sie kamen an einer Mauer vorbei, an der ein erstes Werbebanner für die bevorstehende Bürgermeisterwahl hing: »*Volle Pulle Pullstedter Bürgermeister – voll Lüdermann!*«. Mit einem Marker hatte jemand eine kleine Korrektur vorgenommen: »vollER Lüdermann«.

Sie bogen auf den Hof und bremsten ab. Über dem Dach brauten sich schwarze Gewitterwolken zusammen. »Richtig, Weber. Spekulationen bringen uns nicht weiter. Wir müssen etwas Handfestes finden.« Er nahm den Schlüssel, den er von Yvette Hülsebusch bekommen hatte, aus der Tasche. Bevor er aufschloss, entfernte er das Polizeisiegel.

Yvette Hülsebusch hatte ausgesagt, dass sie eingeschlossen worden war. Sie hatte jemanden gesehen, einen Schatten, und das Drehen des Schlüssels im Schloss gehört. Nachdem Weber sie vorgefunden hatte, war er in das Haus gegangen und hatte die Tür kontrolliert. Aber die Tür war nicht abgeschlossen gewesen.

»Könnte es ein Windzug gewesen sein, der die Tür zugeknallt hat? Sie wissen doch noch besser als ich wie die alten Häuser so sind«, hatte er sie gefragt, doch sie hatte es vehement verneint. Als er meinte, dass einem die Nerven in einer angespannten Situation bekannterweise Streiche spielen, wurde sie ärgerlich. Er versicherte ihr, dass er keinesfalls ihre Aussage in Frage stellen wollte, nur müsse er alles abklären. Sie hatte nur genickt. Als er sich dann weiter im Haus umgesehen hatte, fand er die Schwester, Yvonne Hülsebusch. Sie lag irgendwie verrenkt und in sich zusammengesunken, zusammengesackt. Vor dem Ofen war nicht viel Platz und wahrscheinlich war sie aus dem Grund einfach nur nach vorne gesackt und auf ihren Beinen liegen geblieben. Oder hocken geblieben. Sie hatte gar keine Chance gehabt, dort herauszukommen. Die zahlreichen Stichverletzungen wurden nicht von einem Messer verursacht, wie sich bei der Autopsie herausstellte. Die Verletzungen waren nicht länglich und schmal wie von einer Messerklinge. Sie waren punktförmig. Tendenziell wie eine überdimensionale Nadel. Tod durch Pneumothorax infolge von Gewalteinwirkung. Der Mörder hatte scheinbar willkürlich auf sie eingestochen und Yvonne Hülsebusch hatte sich nur mit dem Rücken zu ihm drehen können. Es gab nicht einmal Abwehrverletzungen. Und ein einziger Stich punktierte ihre

Lunge, sodass diese kollabierte. Die Tatwaffe konnte nicht gefunden werden. DNA, die nicht dem Opfer zuzuordnen war, konnte gefunden werden, aber im Hinblick auf den Zustand des Hauses bezüglich Besitzerwechsels, Besichtigungen potenzieller Käufer etc. wurde von einer Kontaminierung des Tatortes ausgegangen, sonst gab es keine weiteren Hinweise auf den Täter, außer, dass er nicht sehr groß sein konnte. Zwischen 1,50 m und 1,70 m. Das ergaben die Blutspritzer an den Wänden.

»Ich weiß gar nicht, wo wir am besten anfangen sollen, Cheffe. Hier ist so viel alter Kram, der potenzielle Anhaltspunkte enthalten könnte. Das ist wie die Nadel im Strohsack suchen.«

Schönbohms erster Instinkt war, ihn zu korrigieren, ließ es dann aber, abgesehen davon, war es auch irgendwie richtig, nur war der Maßstab ein anderer.

»Eigentlich ist das hier Arbeit für ein komplettes Team in Schichten. Und dann haben wir auch noch die Rechnungen von Starke. Immerhin kann sich Frau Rautmann endlich mal nützlich machen.«

»Hoffentlich findet sie auch etwas heraus, was uns voranbringt.«

»Da können wir im Zweifel nacharbeiten. So, ich würde sagen, jeder von uns nimmt sich eine Kiste aus der Küche vor.«

Weber war einverstanden und sie marschierten beide durch den Flur in die Küche.

»Denken Sie, der Mörder hat die Maklerin gekannt?«

»Wie kommen Sie darauf, Weber?« Schönbohm nahm einen Karton auf und drückte ihn seinem Kollegen in die Hände.

»Irgendwie muss er hier hereingekommen sein, richtig? Aber es gibt keine Zeichen eines Einbruchs. Und Sie haben diese Haustür jetzt selbst mehrfach erlebt. Die macht man nicht leise zu. Wenn die Hülsebusch die Tür gehört hätte, wäre sie doch nicht hier in dieser Falle, oder überhaupt irgendwo, stehengeblieben. Oder sehe ich das falsch?«

Schönbohms Blick wanderte zur Hintertür der Küche, die zum Garten rausging. Er warf einen Blick auf Weber, dann drückte er die Klinke. Abgeschlossen.

»Aber die Hülsebuschs kommen nicht aus Pullstedt. Sie haben hier nur geschäftlich zu tun.« Schönbohm dachte laut nach. »Vielleicht sollten wir darüber in Ruhe auf der Wache reden. Wir haben hier genug andere Arbeit.«

Weber stöhnte und spähte in den Karton. »Es ist so frustrierend. Es ist einfach zu viel.« Sein Tonfall war theatralisch, doch Schönbohm hörte ihn nur wie durch einen dicken Nebel. In Gedanken war er ganz woanders. Er kaute auf seiner Unterlippe und sah sich die Küche genau an. Er stellte sich vor, wie Yvonne Hülsebusch hier entlang ging, möglicherweise hatte sie einen Karton in den Händen. Sie ging natürlich an der Spüle vorbei, die sich direkt gegenüber von der Tür befand, und verschwand dann hinter der Wand. Dorthin ging auch er. Er blieb vor dem Ofen stehen. Von der Spurensicherung waren noch die Markierungen der Blutspritzer an der Wand. Schönbohm stellte sich vor, er wäre der Mörder. Er würde genau hier stehen. Warum hatte der Mörder nicht den Schürhaken genommen und zugeschlagen? Warum siebzehn Mal zustechen? Emotionen. Der Mörder hatte versucht, die Hülsebusch daran zu hindern, die Dokumente zu verbrennen. Die Scharniere der Ofentür waren rechts, zur Trennwand hin, dort, wo auch der Mörder gestanden haben musste. Denn Gegenüber wurde Yvonne Hülsebusch gefunden. Sonst hätte sie selbstverständlich an der Wandseite gelegen.

»Weber, kommen Sie!« Er drehte sich um und wartete, dass sein Kollege erschien. »Stellen Sie sich dorthin, wo die Tote lag. Jetzt tun Sie so, als würden Sie etwas in den Ofen werfen.« Mit dem Haken knallte Schönbohm die Ofenklappe zu. »Und jetzt hängt hier der Rest von dem Dokument. Der Mörder reißt es ab. Vielleicht hat sie noch mehr Sachen in der Hand und er will sie greifen. Sie dreht sich weg, um das zu verhindern und möglicherweise erfolgt dann schon der Angriff.« Schönbohm streckte seinen Arm mit den imaginären Zetteln in der Hand in die Luft. »Die Untersuchung hat ergeben, dass der Mörder nicht besonders groß sein kann. Die Hülsebusch hat sich vielleicht gestreckt und den Arm lang gemacht. Dann hat sie sich weggedreht; als er zugestochen hat, hat sie sich zusammengekrümmt und klein gemacht.«

»Was wollen Sie sagen, Chef?«

»Vielleicht sind hier noch mehr Zettel, die ihr aus der Hand gefallen sind! Irgendwo eingeklemmt und versteckt, denn die SpuSi hat nichts gefunden. Sie hat nichts dort hinten beim Ofen fallengelassen. Als der erste Stich erfolgte, hat sie die Zettel zwar nicht mehr so festgehalten, aber noch ein Stück an den Körper gezogen. Aus Reflex. Sie müssten also in der anderen Richtung liegen.«

Sie drehten sich simultan zu dem schweren hölzernen Geschirrschrank um, der in der Ecke stand.

Mit drei Schritten standen sie davor. Weber warf sich bäuchlings auf den Boden und spähte darunter.

»Ja, ja, da ist was, Chef.« Ächzend versuchte er, seinen Arm unter den Schrank zu schieben, doch es gelang ihm nicht. Schönbohm reichte ihm den Schürhaken. Weber schob ihn unter den Schrank und fischte ein wenig herum.

»Ich hab's.« Er schob den Schürhaken weg und griff nach dem Zettel. Er stand auf und hielt ein vergilbtes, dünnes und teilweise zerrissenes Blatt Papier in den Fingerspitzen. Das Blatt war offensichtlich aus einem Buch herausgerissen worden.

»Lassen Sie mich mal sehen, Weber.« Schönbohm stellte sich direkt hinter Weber und sah über dessen Schulter.

„27. Juli 1948

Gestern war ein schreckliches Tag. Georg hat das Mädchen gefunden. Es hat sie an den n Haaren nach Hause gezerrt. Die Schlampe büßt dann bei dem Gestani auf dem Hauch, aber Georg fährt ihn an, ne soll sich um / nicht Angelegenheiten kümmern.

Ich war so wütend, ich hab das Mädchen geschlagen bis meinen Armen noch taten, dann hab ich auch sie nirgendentan. Der freizehn ist und mir dabei, hat gegückt und gemeint. Der hat mich so erregt, dass ich ihm ein f nun gelangt haben. Ich habe völlig die ... entrollen ... Ich hoffe, der liebe Herr-gott wird mir ...!

Und dann geschah das Ungeheuerliche! Bei ... nun Mädchen ... die Wahne ... Wir ... ... nicht, dass sie ein Kind unter dem Herzen trug! Es war sehr klein, aber es lebte. Es weinte leise und ... Die ... ... packte es am Bein und warf es in den Brunnen. Ich kann noch hören wie es ... ... es in das kalte Wasser fiel und da ... ... unterging. Diese ... würde ich nie ...! Niemals! Die ... ... sein, aber der ... ... und ... ist ihr einen ... Haaren ..., dass sie blei ... und sagte, sie sollen froh sein, dass dem ... ist, sonst ... ... in den Ofen ... ... Mit ... hat sie sich nicht mehr ... Vielleicht hat sie einen ... von dem ... Mit Glück nimmt sie der liebe Go-tt zu sich."

»Ich kann das nicht lesen. Verdammt! Weber, suchen wir alles, was nach einem Tage- oder Notizbuch aussieht. Ich muss auch noch Frau Eichmann anrufen. Wir sind völlig unterbesetzt. Ich denke, normalerweise ist man hier zu zweit überbesetzt, in der momentanen Situation allerdings...«

»Sollen wir uns aufteilen, Cheffe? Raum- oder Etagenweise?«

»Vielleicht machen wir es ganz anders. Wir gehen grob alles durch, was nach Tagebuch, Notizbuch, Journal aussieht, Briefe. Wir werfen das alles in einen Karton und nehmen es mit ins Büro und trennen dort die Spreu vom Weizen.«

»Das Problem ist nur, dass wir es nicht lesen können.«

»Ich denke, es wird einen Sachverständigen für Altdeutsch geben. Ich werde bei Frau Böning anfragen, wie es da so aussieht.«

Während sie in der Küche nicht sehr viel fanden, was nach Notizen aussah, von offensichtlichen Rezepten abgesehen, so hatten sie mehr Glück mit den Kartons im Flur vor einem der Wohnzimmer.

Schönbohm ging als erster die Treppe hoch. Eine Stufe knarrte laut.

»Ist wohl lange niemand mehr hier oben gewesen.« Er fegte mit der Hand Spinnenweben weg. Leise prasselte der Regen auf das Dach.

Im ehemaligen Schlafzimmer von Fritz Jänner fanden sie kaum etwas. Das ganze Haus war über die Jahre hin weiter das Haus seiner Eltern gewesen, von ihm und seiner Persönlichkeit fand sich kaum etwas. Fritz Jänner hatte einen Stapel mit älteren Agrarzeitschriften aufbewahrt. Die Seiten waren alle gewellt, so als hätte er sie mehrfach gelesen. Keine Fotos, keine Notizen.

»Hatte dieser Mann denn gar keine Freunde?«

»Ich weiß es nicht. Aber bei seiner Beerdigung war kaum einer. Der Schorsch Schladerbusch, die Rehstock-Rosenstein aus Neugier, die Bendigs und meine Eltern.«

»Waren Ihre Eltern mit dem Fritz Jänner befreundet?«

»Befreundet wäre grob übertrieben. Mein Vater hatte von ihm Land gepachtet.«

Schönbohm sah auf. »Land gepachtet?«

»Ja, für die Landwirtschaft.«

»Hatten Sie nicht erwähnt, Ihr Vater sei Dosenmacher?«

Weber sah ihn entgeistert an. »Herr Schönbohm, ich weiß, Sie kommen aus der Stadt, aber...« Er rang nach Worten. »Ich habe sieben Schwestern. SIEBEN. Ich bin der Jüngste. Und nach der vierten Tochter hat man ihn hier so genannt.«

»Entschuldigung, Weber.«

»Sie können es nicht wissen.« Er zuckte gleichgültig mit den Schultern.

»Aber hatte Ihr Vater mal was erwähnt? Also wie der Fritz Jänner so war?«

»Hm, er sagte immer nur, er sei ein komischer Kerl. Irgendwas würde mit ihm nicht stimmen. Aber er ist nie richtig ins Detail gegangen.«

»Könnten Sie Ihren Vater befragen?«

»Mit Vorladung?«

»Nein, fragen Sie ihn zu Hause. Ganz unverfänglich. Ich will mir nur ein Bild von dem Jänner machen können.«

»Geht klar.«

Sie gingen zum nächsten Zimmer. Es war das ehemalige Elternschlafzimmer. Die Tür klemmte und Schönbohm musste sich mit Gewalt dagegen werfen.

»Wurde dieses Haus eigentlich jemals von den Maklerinnen besichtigt?«

»Wenn ich mich recht entsinne, stand in der Anzeige 'gekauft wie gesehen', da der Preis so schwindend gering gewesen ist. Ich denke, für die ist das auch eher ein Minusgeschäft gewesen. Mein Vater sagt, den Wert hat nicht das Haus, sondern das Land, das dazugehört.«

»Aha«, murmelte Schönbohm als er zu einem alten lackierten Sekretär ging. Überall waren Spinnenweben und dicke Staubschichten.

»Der Zimmermann war hier wohl nie drin. Komisch. Aber dem war wohl draußen alles erstmal wichtiger. Der wollte hier einen Reithof aufbauen. So ganz schickimicki.«

Der rostige Schlüssel drehte sich schwer im Schloss. Einmal drehte er sich nicht weiter, doch Schönbohm drehte in die entgegengesetzte Richtung und versuchte es danach noch einmal.

Weber schlug ihm aufgeregt auf den Oberarm.

»Jackpot, Cheffe!«

Ein Stapel Hefte. Obenauf prangte der Aufdruck

Tagebuch

»Dann gehen wir mal auf den Dachboden. Vielleicht liegt da noch mehr Zeug.« Webers Blick war auffordernd und erinnerte an einen Jungen, der auf ein Abenteuer brannte.

Das Regenprasseln war immer lauter geworden und in der Ferne donnerte es verhalten.

»Gehen Sie schon einmal vor, Weber. Ich will noch gucken, ob ich den Schlüssel für diese Holztruhe finde. Ich komme dann nach.«

Er hörte die Schritte auf der Treppe und das Knarren der Tür während er das Schubfach des Nachttischs herauszog. Er fand eine kleine Bibel und ein besticktes Taschentuch. Das größere Fach weiter unten war leer.

»Ich Idiot«, knurrte er als er den Schlüssel auf dem anderen Nachttisch liegen sah. Die Truhe ließ sich im Vergleich zu dem Sekretär leicht öffnen. Er fand nur Leinentücher. Tischdecken mit Handstickerei, Bettlaken, Bettdeckenbezüge und Kissen. Alle waren mit den Initialen »EJ« bestickt. Er nahm einige Sachen heraus und irgendetwas fiel aus dem Stapel, den er hielt. Ein kleines Medaillon an einer Kette. Sein Herz schlug schneller. Er öffnete es mit vor Aufregung zitternden Fingern. Ein Foto von einem Kind, vermutlich Fritz Jänner als er vier oder fünf Jahre alt war, ein anderes von einem Mann, dem alten Jänner. Schönbohm wusste auch nicht, was er erwartet hatte, aber ein bisschen enttäuscht schloss er das Medaillon wieder. Jetzt sah er die Gravur auf dem Deckel:

G+E+F

Die Buchstaben waren auf den ersten Blick kaum erkennbar, sie waren regelrecht abgenutzt. Er stellte sich vor, wie Frau Jänner jeden Tag mit dem Daumen drüber gestrichen hatte. Nachdenklich drehte er es hin und her. Dann sah er es auf der Rückseite. Mit einer Nadel ungelenk eingekerbt:

+K

ACHT

Im strömenden Regen waren Schönbohm und Weber mit dem Karton zur Wache gefahren. Barbara Rautmann saß bereits am Schreibtisch und sah einen Film am Computer. Sie machte sich nicht einmal die Mühe, das Fenster des Browsers zu schließen.

»Werden Sie niemals so«, sagte Schönbohm zu Weber und deutete im Vorbeigehen mit dem Kopf auf die Rautmann, die ihr heiseres Lachen von sich gab. Ihre Füße, die in unansehnlichen klobigen Gummi-Clogs stecken, hatte sie auf einen Stuhl gelegt.

»Ich finde es ja eigentlich sehr erfrischend und ehrlich, dass Sie sich nicht die Mühe machen, den Film wegzuklicken.«

»Ich würde es eher unverschämt nennen«, warf Weber ein.

Die Rautmann kicherte und steckte sich Popcorn in den Mund. »Weil es Ihnen so gut gefällt, will ich Ihnen beichten, dass ich es illegal heruntergeladen habe.« Sie grinste ihn zufrieden an.

Er schüttelte den Kopf und sah sich am Rande eines Nervenzusammenbruchs mit dieser Frau.

»Nicht schon wieder, Frau Rautmann! Ich weiß noch, was wir für Ärger hatten, als diese Abmahnanwälte hier Stress gemacht haben. Illegaler Download von Tauschbörsen ist nicht mehr im Budget!« Weber blickte sie verärgert an.

»Sagten Sie gerade 'nicht mehr'? Was ist das hier eigentlich für eine Dienststelle?«

»Sind Sie nicht ein bisschen zu jung, um so spießig zu sein?« Wieder steckte sich die Rautmann Popcorn in den Mund und blickte aufmerksam zu Schönbohm hoch.

»Sind Sie für eine 450€-Schreibkraft nicht ein bisschen zu oft hier?«

»Frau Rautmann, erzählen Sie uns doch einmal, was Sie da für einen Film gucken.« Weber sah Schönbohm frech an.

»Das ist der Film mit dem blinden Mann, der nicht sehen kann.«

Weber legte die Hand vor den Mund und brauchte ein paar Sekunden, um ein Lachen zu unterdrücken. »Oh, mit welchen Schauspielern ist der?«

»Dieser mit den dunklen Haaren«, sagte sie ernst. »Al Parvaccio.«

»Welchen Film hatten sie denn neulich noch geguckt? Wir hatten doch in der Kneipe noch drüber geredet...«

»Ah, Spinner-Männ! Mit Tom Holland! Und Schommoelel Scheckseii. Der macht ja auch in dem Film mit den Schlagen mit.« Sie schüttelte sich theatralisch. »Ich kann Schlangen nicht ab. Ach und da ist noch der niedliche Junge mit dem unvorteilhaften Namen. Güllenhalle. Djeeg Güllenhalle. Mit so einem Namen hat man es wohl sehr schwer in Hollywood. Zum Glück können die ja kein Deutsch.« Frau Rautmann plapperte dahin. Sie war offensichtlich in ihrem Element.

Vertraulich lehnte sich Weber nah an Schönbohm. »In der Kneipe machen wir manchmal Filmeraten ohne dass Frau Rautmann es weiß. Es ist ein Brüller.«

»Aber ich habe etwas für Sie!« Unterbrauch die Rautmann die geheime Unterhaltung. Sie legte ihren Kopf schief und lächelte beide lieblich an, wodurch ihre Grübchen zur Geltung kamen.

»Dann erzählen Sie mal, was Sie herausgefunden haben.« Weber zog den Stuhl heran und setzte sich zu ihr und sie hielt ihm die Schale mit dem Popcorn entgegen.

»Oh, ja, das habe ich auch. Also das ist in der Tat eine alte Geburtsurkunde. Und das Gekrakel unten ist Sütterlin. Das darf man aber nicht mehr schreiben. Oder viel mehr haben die Nazis das damals verboten. Vielleicht sollte man die Schrift jetzt aus Protest wieder einführen.«

Schönbohm stellte sich ein Plakat mit dem Slogan »Volle Pulle für Pullstedt« in Sütterlin vor und schüttelte leicht den Kopf.

»Kann der Pfarrer Sütterlin lesen?«

Barbara Rautmann verneinte kauend.

»Wo haben Sie eigentlich das Popcorn her?« Weber sprach undeutlich mit vollem Mund.

»Ich habe das gerade mit der Mikrowelle gemacht.«

Skeptisch zog Schönbohm die Augenbrauen zusammen. »Wir haben keine Mikrowelle auf der Dienststelle.«

»Überraschung!« Wie ein Showgirl breitete sie die Arme aus und wackelte mit den Fingerspitzen.

»Das ist nicht im Budget«, sagte Weber streng.

»Ach, die hat nichts gekostet.«

Marco Schönbohm wurde hellhörig. »Frau Rautmann...« Er sprach ihren Namen drohend aus.

»Ich war doch beim Pfarrer im Pfarrhaus...«

Weber stellte das Kauen ein und sah seinen Vorgesetzten an, der bereits mit Daumen und Zeigefinger die Nasenwurzel massierte.

»Mir schwant Übles«, flüsterte er und Weber hustete.

»Und wenn man die öffnet und an der Seite dieses Gitter unten etwas entfernt und dann die Lampe aus der Fassung dreht, nur so ein bisschen, dann denken die meisten Leute, weil sie ganz klar Idioten sind, dass die Mikrowelle ohne Licht nicht mehr funktioniert. Und ich habe dann angeboten, das kaputte Ding auf dem Weg nach Hause zum Schrottplatz zu bringen.«

»Dafür landen Sie in der Hölle, Frau Rautmann.« Weber sah aus wie ein geprügelter Hundewelpe.

»Sie haben den Pfarrer belogen und bestohlen und Sie arbeiten bei der Polizei.«

»Aber ich habe es für die Polizei getan, richtig?« Sie hob und senkte die Augenbrauen mehrfach.

Schönbohms Telefon klingelte und unterbrach das Gespräch, worüber er sehr dankbar war.

»Hallo Schatz«, hörte er Kala sagen. »Wo bist du denn? Wir warten schon mit dem Essen auf dich!«

Er blickte auf seine Armbanduhr und erschrak. Die Zeit war in dem alten Haus schneller vergangen als er gedacht hatte.

»Ich komme sofort, ich muss nur noch schnell alle hier rauswerfen.«

Kala lachte. »Bring den Herrn Weber doch mit. Ich habe ihn noch gar nicht kennengelernt.«

»Ich weiß nicht...«

»Frag ihn wenigstens. So und jetzt genug geredet. Beeil dich! Ich kann das Essen nicht ewig warmhalten.«

Sie hatte aufgelegt, ohne, dass er noch antworten konnte.

Er schnaufte.

»Frau Rautmann, machen Sie den Film aus und gehen Sie nach Hause. Ich mache den Laden hier für heute dicht. Ich bin schon zu spät. Wir haben Gäste zu Hause zum Essen.«

Mit Mühe nahm die korpulente Barbara Rautmann die Beine von dem Stuhl und setzte sich auf. Sie zog ihre Bluse ein bisschen runter um sie zu glätten. »Der Film war eh schlecht.« Sie sagte es mit einem Tonfall, dass man hätte meinen können, sie gab Schönbohm die Schuld daran. »Aber das Popcorn nehme ich mit.«

Weber zog sich seine Jacke an, die noch vom Regen tropfte.

»Bis die Tage, Jungs!« Sie öffnete die Tür, sah den Regen und schloss sie wieder. »Einen Moment noch.« Sie steckte sich so viel Popcorn wie nur möglich in den Mund, den Rest verteilte sie auf die Taschen ihrer Jeansleggings, dann setzte sie sich die Schale auf den Kopf. Sie hob die Hand zum Abschiedsgruß und verschwand in den nassen Herbstabend.

»Ich wollte nicht, dass sich Frau Rautmann benachteiligt vorkommt... Meine Verlobte fragte gerade am Telefon, ob Sie nicht mit zu uns kommen wollen. Wir haben ja ohnehin Gäste, die Bendigs, und Kala haben Sie noch nicht kennengelernt. Haben Sie Hunger?«

Weber lächelte freundlich. »Wann habe ich denn keinen Hunger?«

Zuhause angekommen, öffnete Marco Schönbohm die Haustür.

»Entschuldigen Sie die Umzugskisten. Wir sind noch nicht ganz eingezogen. Aber meine Arbeit fing auch ein bisschen früher an als geplant.«

Weber winkte höflich ab. »Kein Problem.«

Schönbohm nahm ihm die Jacke ab und sie folgten den Stimmen ins Esszimmer, wo Kala mit den Bendigs Karten spielte.

»Hallo«, rief Kala erfreut und schüttelte erst Webers Hand und küsste dann ihren Verlobten. »Schön, dass Sie kommen konnten. Herrn und Frau Bendig kennen Sie natürlich!«

»Ja, natürlich!« Er schüttelte beiden die Hände.

»Wusstest du, dass man im Nationalpark Harz Luchswanderungen machen kann? Das müssen wir unbedingt mal machen! Ina und Helmut sagen, dass es wirklich toll ist!« Kala klang wie ein kleines aufgeregtes Kind. Doch dann wechselte ihre Stimmung schlagartig. »Warum hast du eigentlich noch die nasse Jacke an?« Sie sah Schönbohm ärgerlich an und zog dann an einem Stück Plastik, das aus seiner Tasche hervorragte. »Du sollst doch keine Arbeit mit nach Hause nehmen!« Ihr Ton war vorwurfsvoll.

»Oh Mist, Cheffe, das haben Sie in Ihrer Tasche vergessen!«

Mit spitzen Fingern hielt Kala den Asservatenbeutel mit dem Papier, das sie unter dem Geschirrschrank gefunden hatten.

Helmut Bendig starrte das Papier ausdruckslos an.

»Oh, das ist, das ist Sütterlin!«, sagte er dann euphorisch. Seine Frau tätschelte seine Hand.

»Sie können das lesen?«

»Ja, natürlich. Es ist zwar lange her, ich war da noch fast ein Kind, aber ich kann. Ein bisschen eingerostet ist es vielleicht.«

»Können Sie das für uns übersetzen?«

»Transkribieren«, verbesserte Weber ihn und fing sich einen bösen Seitenblick ein.

»Ja, grundsätzlich schon.« Helmut Bendig schnalzte mit der Zunge.

»Können Sie auch Sütterlin lesen, Ina?« Kala sah sie neugierig an.

»Oh, ohne meine Brille kann ich gar nichts lesen. Nichts.« Die alte Dame lachte und ihr Mann drückte ihr fest die Hand, dann nahm er zittrig den Verschlussbeutel mit der Notiz entgegen und starrte lange darauf. Er sah seine Frau einen Moment an, als er bemerkte, dass die Anderen ihn erwartungsvoll beobachteten, räusperte er sich: »Es ist schade, dass du deine Brille nicht dabeihast. Ein bisschen eingerostet ist mein Sütterlin schon. Ich könnte ein bisschen Hilfe gebrauchen. Ich kann es wohl doch nicht mehr richtig lesen.« Er schob das Papier über den Tisch von sich weg. »Aber es scheint nichts Spektakuläres zu sein. Tagesgeschehen und Streit mit dem Ehemann. So wie das heute auch noch in Familien ist.«

»Oh.« Weber und Schönbohm sahen enttäuscht aus, sie hatten mehr erwartet. Nun mussten sie wieder umdenken. Vielleicht wurde die Hülsebusch doch nicht daran gehindert, die Papiere zu verbrennen, sondern es war einfach nur ein Zufall, dass sie es gerade in dem Moment getan hatte, als sie ermordet wurde.

»Was ist das für ein Zettel?« Ina sah die Polizisten interessiert an.

»Wir haben es in dem Haus von Fritz Jänner gefunden. Es lag unter einem Schrank in der Küche. Wahrscheinlich ist es einfach nur in Unordnung geraten als die Maklerin ermordet wurde.«

Sie schlug die Hand vor den Mund. »Eine schreckliche Sache ist das!« Ina Bendig sah betroffen aus. »In unserer friedlichen Gemeinde.«

»Keine Gemeinde ist wirklich friedlich. Es gibt auch genug Mikroaggressionen.« Schönbohms Blick ging aus dem Fenster, wo er den Bewegungsmelder im Garten seiner Nachbarn sah.

Helmuts Gesicht war ernst. »Das ist die Rehstock-Rosenstein. Der Stemer hatte sich auch mehrfach bei ihr beschwert, aber die ignoriert das einfach.«

»Die hat mir« gerade noch gefehlt«, seufzte Marco Schönbohm.

»Mit der Frau kann man nicht vernünftig reden. Die wechselt ihre Meinung so, wie der Wind weht. Sie sagen A und sie sagt A, dann trifft sie wen, der B sagt und sie sagt B und lacht über A.«

»Ich mag so etwas überhaupt nicht.« Ina Bendigs Stimme klang traurig.

Kala hatte in der Zwischenzeit das Essen aufgetragen.

»Das riecht hervorragend und sieht auch so aus«, schwärmte Weber, dem schon die ganze Zeit der Magen geknurrt hatte.

»Vielleicht installieren wir einfach diesen Außenjalousien. Die sind dicht, dann stört die Stadionbeleuchtung nicht mehr«, überlegte Schönbohm laut.

»Oder Sie versuchen einfach mit ihr zu sprechen. Jeder muss einmal Glück haben.« Ina lächelte.

Yvette Hülsebusch saß am nächsten Tag auf der Wache. Sie war ganz in schwarz gekleidet und ihre Augen waren rot und glasig. Sie hielt ein Taschentuch fest in den Händen.

»Ich hatte gemerkt, dass etwas nicht stimmt, wissen Sie? Yvonne war ja mein Zwilling. Wir hatten wirklich diese Verbindung, von der immer in Filmen gesprochen wird. Und dann wollte ich sie anrufen, aber niemals ging sie an ihr Telefon.«

»Wir haben das Telefon bei Ihrer Schwester gefunden und den leeren Akku geladen, um uns dann die Telefonlisten anzusehen. Sie hatte vorher keine verdächtigen Anrufe, keine Nachrichten, die darauf hinweisen könnten, dass sie vorsätzlich zu dem Haus gelockt wurde. Hatte Ihre Schwester Feinde? Streit? Irgendwelchen Ärger?«

»Na ja, Feinde ist so ein großes Wort. Meine Schwester wusste, was sie wollte, sie war direkt. Nicht jeder mochte das. Insbesondere hier waren die Leute ein bisschen, hm, ich weiß nicht, sie fühlten sich ein bisschen getriggert, sage ich mal.«

»Können Sie ein bisschen genauer werden?« Interessiert beugte sich Schönbohm vor. Weber saß daneben und hielt die Kaffeetasse in beiden Händen. Heißer Dampf stieg auf. Jetzt war der Herbst vollends da, hatte er morgens gesagt, als er

die Hände frierend auf die Oberarme schlug.

»Na ja, das ist typisch für ländliche Gegenden, kleine Orte: Erstmal sind alle den Fremden skeptisch gegenüber. Sonst sind sie sich untereinander spinnefeind, aber dann wollen sie alles untereinander regeln und keinen Fremden dabeihaben. Denen wäre es hier lieber gewesen, das Haus wäre einfach zusammengefallen, bevor es jemand von außen kauft, verstehen

Sie?« Beiläufig tupfte sie eine Träne von der rechten Wange. Eine graue Spur von den Farbpigmenten ihrer Wimperntusche blieb zurück. »Und Yvonne nahm auch kein Blatt vor den Mund. Sie hatte mir erzählt, das fällt mir jetzt erst wieder ein, weil es für mich bisher nicht wichtig war, dass Sie einen Streit mit der Pflegerin vom Jänner hatte. Bevor Herr Zimmermann das Hausgrundstück gekauft hat. Die Pflegerin sei förmlich explodiert. Und Yvonne sagte, sie hätte ihr den Schlüssel abgenommen und sie dann einfach vor die Tür gesetzt. Das war schlicht und ergreifend ihre Art, sie war so resolut. Aber das mögen die Menschen hier nicht.«

Weber nickte zustimmend.

»Können Sie mir sagen, wer die Pflegerin ist? Oder wann dieses Ereignis war?«

Yvette Hülsebusch schnaufte und zog die Mundwinkel nach unten. »Nein, auf gar keinen Fall. Ich kann leider nicht mehr sagen, wann das war. Nur, dass es vor dem Verkauf an Herrn Zimmermann war. Mir fehlt dafür leider komplett der Zeitrahmen. Wissen Sie, ich mache die Papierarbeit, daher kann ich mich eher an Details von den Häusern erinnern, aber nicht an die Menschen, die dort sind oder wer mit wem welche Gespräche geführt hat, weil ich eben nicht dort war. Und diese Frau habe ich nie gesehen. Ich erinnere mich auch nicht, dass Vonnchen einen Namen genannt hat. Sie hatte nur gesagt 'die Alte'. Aber ob sie das wortwörtlich oder im übertragenen Sinne gemeint hatte, kann ich nicht beantworten.«

'Identität der Pflegerin herausfinden' schrieb Weber auf seinen Notizblock und umkreiste es dann zweimal.

»Hat ihre Schwester gar nichts weiter dazu gesagt oder eine Beschreibung gemacht?«

Yvette dachte einen Moment nach und spielte unbewusst mit dem Anhänger ihrer Kette, dann schüttelte sie entschlossen den Kopf. »Ich kann mich beim besten Willen nicht daran erinnern. Tut mir leid.«

»Können Sie uns sagen, was genau vorgefallen ist zwischen Ihrer Schwester und der Pflegerin?«

»Als es passierte, war es so belanglos, wissen Sie, daher ist es nicht mehr so präsent in meinem Gedächtnis. Ich habe schon alles gesagt, was ich darüber noch weiß. Ich will ja helfen, nur kann ich mich nicht mehr an alles erinnern.«

Die Tränen liefen jetzt über ihre Wangen. Weber sprang auf und bot ihr ein neues Taschentuch an und fragte, ob er ihr Kaffee bringen könne. Sie nickte dankbar. Schönbohm gab ihr die Zeit, durchzuatmen und sich wieder zu sammeln. Sie lächelte Lasse Weber an und bedankte sich als er aus der Küche zurückkam und eine Tasse vor sie auf den Schreibtisch stellte.

»Sie machen das sehr gut, Frau Hülsebusch. Sie helfen so gut wie Sie können. Mehr erwartet keiner.« Ermutigend nickte Schönbohm ihr zu. Er lehnte sich zurück und überschlug die Füße während die Maklerin an dem Kaffee nippte.

»Yvonne hatte gesagt, dass sie die Frau, diese Pflegerin, im Haus überrascht hat. Ich weiß nicht mehr, ich glaube, sie wollte irgendwas dort rausschaffen.« Wieder spielte sie an dem Anhänger der Kette und biss auf ihre Unterlippe. Der Blick war zu Boden gerichtet und eine Strähne ihres Ponys fiel ihr in die Augen. »Ich denke, sie sagte, Papiere. Deswegen ging der Streit ja erst richtig los. Denn die Dokumente über das Haus müssen natürlich dortbleiben. Abgesehen davon hat eine Pflegerin natürlich gar kein Recht, etwas aus dem Haus des Patienten zu entfernen. Ich weiß aber noch, wie ich scherzhaft gesagt hatte, dass sie vielleicht die Liebesbriefe von ihrem Patienten rausbringen will, weil so eine Beziehung verboten ist.«

»Hatten Sie für diese Vermutung Anhaltspunkte?« Konzentriert hatte Schönbohm die Augenbrauen zusammengekniffen und ließ den Kugelschreiber in seiner Hand hin und her wackeln. Dann setzte er sich wieder aufrecht auf den Stuhl und legte den Fußknöchel des rechten Fußes auf das linke Knie.

Die Frau schüttelte den Kopf. »Nein, aber ich hatte damals wohl das Gefühl gehabt, dass da eine Dringlichkeit hinter war. So wie wenn es jemand erfährt, ist sie ihren Job los oder so etwas. Wissen Sie, was ich meine? Und was hätte sie sonst mitnehmen sollen, was nichts mit ihr selbst zu tun hat? Ich hatte das einfach so dahingesagt.«

»Was ganz anderes«, fing Schönbohm an, dann erregte eine Bewegung, die er aus dem Augenwinkel wahrnahm, sein Interesse. Frau Rautmann stand draußen und drückte ihre Nase an das Fenster und blickte ins Büro. Sie trug ein Tuch im Haar, das sie vorne zu einer kleinen Schleife geknotet hatte. Sie hob die Arme und hielt die Daumen von beiden Händen hoch und zeigte ihre perlweiße Zahnfront.

Weber, der gemerkt hatte, dass Schönbohm durch etwas abgelenkt wurde, prustete als er bei dem Anblick der Frau Rautmann ein Lachen nicht unterdrücken konnte.

»Kümmern Sie sich darum, Weber? Entschuldigen Sie bitte, Frau Hülsebusch. Die Polizei stellt Menschen mit Behinderung bei gleichen Qualifikationen bevorzugt ein, deshalb ist diese Dame scheinbar hier tätig und fällt gelegentlich auf, so wie es jetzt der Fall ist.«

»Ich habe mir das schon gedacht. Kein Problem. Was wollten Sie gerade fragen?«

»Ich, ähm, ich wollte fragen, ob Sie oder ihre Schwester etwas mit Sütterlin anfangen können?« Er hielt eine Kopie des Zettels in ihre Richtung.

Traurig lachte Yvette Hülsebusch. »Das war der einzige Unterschied, den es bei uns gab. Ich war top in Naturwissenschaften, Yvonne hingegen bei Sprachen. Sie hat sogar plattdeutsch gelernt. Alles, was einen gewissen Seltenheitsgrad hatte, musste sie lernen. Das habe ich immer bewundert, aber ich konnte das gar nicht. Ich weiß, sie hat Sütterlin gelernt. Aber wie gut sie darin war, kann ich nicht beurteilen. Im Alltag gab es nicht viele Gelegenheiten, um es anzuwenden.« Sie zuckte mit den Schultern.

»Wissen Sie, ob Ihre Schwester die Dokumente in Augenschein genommen, also sich angesehen hat? Oder gab es da kein Interesse ihrerseits?«

»Gesagt hat sie nichts, ich bin mir aber sicher, dass sie sich das angeguckt hat. Sie war immer sehr neugierig.«

»Okay«, sagte Schönbohm gedehnt als Weber staksenden Schrittes in die Wache marschiert kam, »dann sind wir hier fertig. Kann ich Sie anrufen, sollten sich weitere Fragen ergeben?«

»Aber natürlich!« Umständlich stand sie auf und verabschiedete sich von Weber, der linkisch mit drei Tassen in der Hand in der Tür stand.

»Herrgott, Weber, was ist das denn wieder? Warum passieren immer so merkwürdige Dinge, wenn die Rautmann in der Nähe ist?«

»Das sind Tassenkuchen. Frau Rautmann sagt, sie backt die gleich bei uns in der Mikrowelle.«

»Frau Rautmann, sagt...« Die sich schwungvoll öffnende Tür unterbrach den Dienststellenleiter. Die backende Schreibkraft in ihren Gummi-Clogs und ausgebeulten Jeansleggings tänzelte herein.

»Schöner Propeller«, ätzte Schönbohm mit Blick auf die Schleife an ihrem Kopf. »Wäre schön, wenn Sie damit gleich wieder einen Abflug machen würden.«

Sie ignorierte den letzten Teil und bedankte sich höflich für das fragwürdige Kompliment. »Danke. Ich war bei der Typberatung. Das macht mich femininer, sagt die Wiebke.« Sie wandte sich an Lasse Weber. »Das ist die Tochter von der Schwester von der Mama von Bengt Appelhagen. Kennst du, ja?«

Schönbohm zog eine Grimasse und schüttelte den Kopf. »Cousine! Warum sagen Sie nicht, dass es die Cousine ist, Frau Rautmann?«

»Wen interessieren schon Details, Herr Schönbohm?« Sie lächelte gütig. »Jedenfalls hat sie mich auf eine Idee gebracht. Ich lasse mein Haar hinten ein bisschen mehr wachsen. So wie der Rudi!«

»Der Rudi?« Weber und Schönbohm sahen sich an.

»Na ja, der Rudi Völler.« Sie nahm Weber die Tassen aus der Hand und ging in die Küche. Die Männer hörten das Piepen der gestohlenen Mikrowelle als Frau Rautmann den Timer anstellte.

Schönbohm tippte sich mit dem Finger an die Schläfe. »Feminin wie Rudi Völler...«

Weber beugte sich nach vorne über und hielt sich jungenhaft eine Hand vor den Mund, um nicht zu laut zu lachen.

»Ich rufe mal schnell den Pfarrer an.«

»Aber nicht wegen der Mikrowelle! Ich bringe die nicht wieder zurück«, rief die Rautmann eilig aus der Küche.

Marco Schönbohm rollte die Augen und griff zum Telefon als Barbara Rautmann aus der Küche geeilt kam und Weber eine heiße Tasse in die Hand drückte und dann wieder zurückeilte.

Schnell stellte er sie auf den Tisch und pustete über seine verbrannten Finger. Er beäugte den Inhalt skeptisch: Eine braune undefinierbare Masse, die mittig ein wenig nass und roh aussah und an den Rändern eher trocken. Staubtrocken. Wieder kam die Rautmann ins Büro geeilt und schüttelte hektisch eine Dose, sprühte unappetitliche Sahne auf den unappetitlichen Tassenkuchen und auf dem Weg zurück in die Küche sprühte sie sich eine Ladung in den Mund.

»Frau Rautmann, das Gesundheitsamt hat sowas hier nach dem großen Herpesbefall von 1991 untersagt, streng untersagt!« Weber klang vorwurfsvoll und als er bemerkte, dass Schönbohm das Telefonat beendete, setzte er sich zu ihm.

»Was sagt der Pfarrer?«

»Er sagt, er kann auf keinen Fall zurückverfolgen, wessen Geburtsurkunde das ist. Während des Kriegs gingen viele Dokumente verloren. Und auch wenn Sütterlin irgendwann nicht mehr benutzt wurde – offiziell, versteht sich, so haben wohl viele Leute trotzdem noch so geschrieben. Insbesondere auf dem Dorf. Er kann uns nicht helfen.«

»Na ja, der Abriss war auch sehr klein.«

Frau Rautmann knallte eine dampfende Tasse vor Schönbohm auf den Tisch und eilte davon. Wieder vernahmen sie das Piepen des Timers.

»Frau Rautmann, sind Sie tatsächlich nur hierhergekommen, um mir heiße Kotze im Becher zu servieren?«

»Heiße Kotze mit Sprühsahne«, flötete sie lieblich als sie ihm nach ihrer Rückkehr ins Büro ein Sahnekunstwerk auf den Tassenkuchen sprühte. »Und hier Ihr Kaffee. Wie Sie ihn am liebsten mögen. Mit Milch und Honig.«

Angewidert verzog Schönbohm das Gesicht. »Ich trinke Tee mit Honig und Kaffee mit Milch.« Er seufzte. »Haben Sie nicht irgendwo einen Minijob zu erledigen?«

»Nöööö!« Wieder entfernte sie sich und sie hörten die Sahnesprühflasche aus der Küche.

»Sie hat es schon wieder gemacht! Sie hat sich wieder die Sahne in den Mund gesprüht! Frau Rautmann, hören Sie bitte damit auf! Ich will nicht krank werden.« Webers Stimme überschlug sich.

Sie erschien jetzt mit ihrer eigenen Tasse und ließ sich auf den nächsten Schreibtischstuhl fallen.

»Gleich fängt mein anderer Job an. Bei Buraks Börek Bude.«

Schönbohm musste mehrfach blinzeln, weil er das Gefühl hatte, seine Hirnwindungen hätten sich bei dem Namen »Buraks Börek Bude« vollends verknotet.

»Und da verkaufen Sie zwischen den ganzen Dönern auch noch Tassenkuchen?«

»Nein, Burak hat keine Döner. Er verkauft nur Börek. In allen Variationen«, erklärte Weber. »Feinkost-Börek. Deli-ka-tessen!«

Die Rautmann holte tief Luft. »Ich finde, das ist multikulturell. Ich habe bei der Agentur für Arbeit mal einen Onlinekurs für interkulturelle Kompetenz gemacht.« Sie holte mit dem Löffel ein dampfendes

Stück Kuchen aus der Tasse und steckte es unbeeindruckt in den Mund. Als sie dann die Dose Sprühsahne greifen wollte, traf sie ein böser Blick von Weber, der nur wortlos den Kopf schüttelte. Sie wartete bis er wegguckte und sprühte sich die Sahne in den Mund. Der unerwartete Besuch der Schreibkraft und ihres Tassenkuchens war zwar eine nervenaufreibende, aber auch angenehme Pause von der Arbeit.

Den Vormittag hatten sie damit verbracht, die Aufträge und Rechnungen der Starke zu sichten. Weber, der sich als Organisationstalent entpuppte, was sich allerdings nicht auf seinem Schreibtisch widerspiegelte, hatte eine Liste gemacht, welche Personen zeitnah zueinander bestattet wurden. Lothar Eichmann könnte somit entweder mit Paul Weber, nicht verwandt oder verschwägert mit Lasse Weber, oder Erich Müller bestattet worden sein.

Lasse Weber bot sich an, bei der Staatsanwaltschaft anzurufen und die neuen Erkenntnisse mit Frau Böning zu besprechen. »Buddeln wir sie halt alle aus«, zitierte Weber die Staatsanwältin später als es zwischen ihm und Schönbohm darum ging, in welcher Grabstätte der Eichmann wohl sein würde. »Natürlich nicht auf Zuruf, das muss ordnungsgemäß beantragt werden«, ergänzte er schnell.

Schönbohm hatte Weber losgeschickt, um mit den Angehörigen zu sprechen. Er hatte seit seiner Ankunft in Pullstedt den Eindruck gewonnen, dass die Bewohner untereinander einfach umgänglicher waren. Umso mehr, wenn es um unangenehme Nachrichten ging. Zweieinhalb Stunden später war Weber wieder auf der Wache erschienen. Schönbohm war davon ausgegangen, dass die Gespräche sehr emotional aufgeladen verlaufen waren, tatsächlich wurde Weber jedoch von jeder Familie genötigt, schnell etwas mit ihnen zu essen. Die Hinterbliebenen waren emotional, aber eher auf eine aggressive Art im Hinblick auf Sabine Starke. Insbesondere Familie Weber. Schönbohm erfuhr in dem Zusammenhang, dass die verschiedenen, nicht miteinander verwandten, Weber-Sippschaften ganz speziell voneinander unterschieden wurden. Die Familie des Lasse Weber wurde allgemein auch »Dosen-Weber« genannt. Die Familie des verstorbenen Paul Weber war ironischerweise »Eier-Weber«, einzig aus dem Grund, dass sie Hühner hielten und Eier verkauften. Dann gab es noch einen Heinrich Weber, der lediglich »Fernglas-Weber« genannt wurde, weil er dicke Brillengläser hatte. Lasse Weber war so umsichtig gewesen und war auch zu Frau Eichmann gegangen, jedoch war diese nicht zu Hause gewesen.

Feierabend, dachte Schönbohm, wurde jedoch aus den Gedanken gerissen als Barbara Rautmann lautstark die Wache verließ, nachdem sie ihr Dessert aufgegessen hatte.

»Hat die keine Familie?« fragte Schönbohm, der noch geradeaus an die Wand starrte und langsam in die Realität zurückkam.

»Wir sind doch alle Frau Rautmanns Familie.«

Schönbohm griff sich die Tageszeitung und schlug sie auf. »Lassen Sie uns noch etwas Zeit totschlagen bis zum Feierabend.«

Offensichtlich war der Eigentümer der örtlichen Kneipe zu der Erkenntnis gelangt, dass er sich die angedrohte »Abfüllverordnung« vom Bürgermeisterkandidaten Lüdermann nicht gefallen lassen würde. Und so warb er nicht nur für seine Kneipe, sondern schien selbst Interesse am Amt des Bürgermeisters zu haben. Die Tageszeitung war gepflastert mit seiner Werbung:

»Voller als der Lüdermann sind hier nur die Biergläser! Gaststätte Zur Linde«

»Hopf(en) und Malz – Pullstedt erhalt's – Gebt eure Stimme Ingo Hopf«

»Hopftimismus- Substantiv: Die selbstbewusste Hoffnung auf eine Zukunft voller gutem Bier und Bürgermeister Ingo Hopf«

»Sei Hopftimist! Wähle Ingo Hopf!« Daneben war das Bild von Botticellis Venus. Zumindest fast. Die Venus wurde ersetzt durch ein Foto von Hopf höchstpersönlich, der dem Betrachter ein Bierglas entgegenhielt.

»Kreativ«, murmelte Schönbohm anerkennend.

»Cheffe«, hörte er Webers Stimme, »wollen Sie heute mit in die Kneipe kommen? Heute ist Dart-Abend.«

»Dart oder Filme raten mit der Rautmann?«

»Heute nur Dart. Filme gehen nur am Wochenende, weil es nach ein paar Bier gleich noch viel lustiger ist und man ausschlafen kann, falls es doch mal mehr geworden ist oder länger gedauert hat.«

Das Telefon auf Schönbohms Schreibtisch klingelte. »Warum rufen eigentlich immer alle vor Feierabend an, Weber?« Seufzend nahm er den Hörer ab.

»Polizei Pullstedt, KHK Schönbohm.«

»Hier ist Sonnemann, Rosemarie Sonnemann.« Sie sprach nicht weiter.

»Und? Was kann ich für Sie tun, Frau Sonnemann?«

»Ich möchte gerne wissen, wie Sie Ihr Verhalten oder vielmehr Ihr Fehlverhalten rechtfertigen. In der Presse macht man sich schon über Pullstedt lustig! Haben Sie sich schon die heutige Zeitung angesehen? Seite 9?«

In der Tat war er noch nicht soweit gekommen. Schnell blätterte er auf Seite 9.

»Leichenfledderei auf Pullstedts heiligem Boden« Darunter ein Foto von Staatsanwältin Böning, teils verdeckt durch Weber und ihm selbst.

»Und was möchten Sie mir unterstellen?«

»Ich möchte Antworten! Wir sind das Gespött der Gemeinde«, empörte sich die Stimme am Telefon.

»Sind Sie eine treusorgende Bürgerin oder aus welchem Grund rufen Sie an? Sie können davon ausgehen, dass hier alles seine Richtigkeit hat.«

»Ich bin Frau Sonnemann. Was verstehen Sie nicht?«

»Ich verstehe nicht, weshalb Sie mich anrufen.« Schönbohm war ehrlich verblüfft.

»Herr Schönbohm, ich bin die Frau des Bürgermeisters. Ich will über sowas natürlich sofort informiert werden. Ich will nicht aus der Presse davon erfahren müssen.«

»Sie sind wer?« Weber erhaschte einen irritiert und zugleich verärgerten Blick Schönbohms.

»Ich bin die Frau des Bürgermeisters. Sie haben mich schon richtig verstanden.« Sie hüstelte ins Telefon.

»Sie sind genau das. Die Frau des Bürgermeisters. Aber nicht der Bürgermeister. Ich muss weder Ihnen, noch Ihrem Mann Rede und Antwort stehen.«

»Ich verbitte mir negative Presse, haben Sie das gehört?«

»Wenn Sie nicht so viele Kriminelle in Ihrem Ort hätten, Frau Bürgermeistergattin, dann müssten Sie sich um negative Presse auch keine Gedanken machen.«

Er hörte ein entferntes Zetern aus dem Hörer, das er nicht einordnen konnte. Dann ertönte eine andere Stimme.

»Herr Schönbohm? Verzeihen Sie, hier ist Bürgermeister Sonnemann. Meine Frau ist manchmal ein bisschen speziell.« Im Hintergrund hörte er ihre aufgeregte Stimme. »Ich bitte vielmals um Verzeihung! Es tut mir so leid. Ich werde zusehen, dass Sie nicht mehr belästigt werden.«

»Kein Problem, Herr Bürgermeister! Sie müssen sich nicht für Ihre Ehefrau entschuldigen.«

Der Sonnemann lachte unsicher, aber dankbar. »Danke, wenn Sie irgendwas brauchen sollten, Schönbohm, bitte zögern Sie nicht, mich anzurufen.«

»Vielen Dank, das werde ich tun. Und viel Erfolg beim Wahlkampf!«

Schnell legte er auf und sah Weber an. »Sind wir Hopftimisten, Weber?«

»Frau Sonnemann... Die hat hier früher jeden zweiten Tag angerufen als der alte Chef noch hier war. Dabei war hier nicht einmal etwas los. Außer die üblichen Verdächtigen.«

»Sollte ich mich darauf einstellen, dass sie öfter anrufen wird?«

Weber überlegte kurz. »Besser wäre es. Aber es hat ja auch etwas Gutes. Sie wissen jetzt, wer bei uns Kommunalpolitik macht. Die Frau vom Bürgermeister. Das sollten Sie hier bei Ihrer ersten Wahl nicht vergessen.«

Die Gaststätte Zur Linde verfügte über zwei Eingänge. Einen privaten Eingang, der über einen kurzen Flur geradeaus direkt in die Küche und links abgehend in den dazugehörigen Kiosk führte und einen anderen, über den man direkt in den Schankraum gelangte. An beiden Eingängen befanden sich »Nichtrauchen verboten!«-Schilder. An der Wand parallel zur Tür befand sich eine altmodische Musikbox. Jedoch nicht altmodisch genug, um ein cooles Sammlerstück zu sein.

Links war der Tresen aus dunklem Holz mit passenden Barhockern, rechtsseitig waren mehrere Tische. Strategisch ungünstig war die Platzierung der Dartscheibe hinter den Tischen.

Einige Personen befanden sich in der Kneipe und die Musik übertönte das Stimmgewirr.

»Ich weiß, was Sie sagen wollen wegen der Dartscheibe. Aber es gab schon lange keine Unfälle mehr. Oh, schauen Sie, dort ist Burak! Wir darten zusammen.«

Lasse Weber stellte die Männer einander vor. Burak war fast so groß wie Lasse Weber, er hatte dunkles Haar und einen kurzen gepflegten Bart. Er trug eine zerknautschte Jeans und einen dunkelgrünen Strickpullover, unter dem ein karierter Hemdkragen hervorblitzte. Sein Händedruck war fest und sein Lächeln gewinnend.

»Sie sind also der berühmte Börek-Burak.«

Der Mann lachte. »Ja, kann man so sagen. Vielleicht sollte ich den Namen ändern: Buraks berühmte Börek Bude.«

»Nein, bitte nicht«, lachte Schönbohm und sah auf sein Telefon als er die Vibration in der Tasche bemerkte. Eine säuerliche Antwort von Kala, nachdem er ihr noch in der Wache geschrieben hatte, er würde später nach Hause kommen.

»Ich hole fix was zu trinken. Chef, wollen Sie Bier?«

»Ja, gerne.«

»Und wie haben Sie sich hier so integriert? Also mir fällt es irgendwie schwer.«

Burak schob die Hände in die Taschen. »Man gewöhnt sich an alles. Auch die Pullstedter. Ein Schwarzkopf, ein Großstädter, der Wu vom Schrottplatz. Irgendwann kriegen die das hin und dann ist es so als wäre man schon immer hier gewesen. Kann natürlich auch nervig sein.«

»Den nervigen allgemeinen Teil habe ich schon kennengelernt.«

»Aber die Leute sind alle gut. Auf ihre Weise. Fairerweise muss ich sagen, dass ich hier quasi aufgewachsen bin. Meine Eltern kamen hierher als ich vier Jahre alt war.« Burak streckte die Hand aus und nahm sein Bier entgegen. »Jetzt erstmal Zielwasser trinken.« Er zwinkerte Schönbohm zu.

Dieser blickte sich weiter um. Eine weitere Tür neben der Musikbox hatte die Beschriftung »Zu den WCs« und »Kegelbahn«.

»Hier wird gekegelt?«

Weber schüttelte bedauernd den Kopf. »Schon lange nicht mehr. Das hat mit dem großen Herpesbefall von 1991 zu tun. Fragen Sie besser nicht, Chef.«

Schönbohm runzelte die Stirn, dann sah er auf jedem der Tische eine Schale. Aber statt Knabberzeug waren darin Anstecker. Mit spitzen Fingern griff er in die Schale. In Großbuchstaben prangte auf dem Anstecker »HOPFTIMIST«, umgeben von einem Hopfenkranz. Er hörte eine ihm bekannte Stimme und blickte sich um. An der Theke stand Lüdermann und diskutierte mit Ingo Hopf. »Ist das die erste Bürger-meisterkandidaten-Debatte?« Schönbohm deutete mit dem Bier in der Hand auf die beiden Männer.

»Als ich das Bier geholt habe, habe ich mitbekommen, dass der Lüdermann sehr gekränkt ist wegen der Aussage, voller als er seien nur die Biergläser hier. Die sind ja seiner Meinung nach gar nicht richtig voll.«

»Soll heißen, er ist beleidigt, weil er viel voller ist und der Hopf es nicht zu schätzen weiß?«

Burak zuckte mit den Schultern und Lasse zog eine Grimasse. Zu dritt beobachteten sie, wie Lüdermann einen Zollstock aus der Tasche holte und an ein Glas hielt. Ingo Hopf legte lachend den Kopf in den Nacken und Lüdermann gestikulierte wild bevor er wütend aus der Kneipe stürmte.

»Kommen Sie, Inspektor?« Burak lachte und hielt sichtbar die Darts in der Hand.

»Einen Moment«, Schönbohm hatte Helmut Bendig entdeckt und ging zu ihm. Der alte Mann hatte seinen Hut neben sein Glas gelegt und blickte trist auf die Tischplatte. »Hallo Herr Bendig, freut mich, Sie zu treffen. Ganz alleine hier?«

»Ina geht es nicht so gut, sie schläft schon«, sagte er und hob matt den Kopf. »Sie hatte heute ihre letzte Chemotherapie. Sie wollen die weitere Behandlung abbrechen, wissen Sie? Austherapiert haben sie gesagt. Jetzt bekommt sie nur noch Schmerzmittel.«

Schönbohm fühlte sich unwohl, linkisch kratzte der sich am Ellenbogen und rang nach Worten. »Herr Bendig, das tut mir leid! Kann ich Sie ein wenig auf andere Gedanken bringen? Wollen Sie vielleicht mit uns darten?«

»Ich weiß nicht, Junge.« Seine Stimme klang sehr müde.

»Sie werden sehen, andere Gedanken werden Ihnen guttun.«

Lasse Weber kam hinzu. »Hallo Herr Bendig! Chef, kommen Sie?«

»Weber, Herr Bendig kann doch mitspielen, nicht wahr?« Er sah ihn eindringlich an.

»Natürlich«, rief der junge Mann unbekümmert wie immer. »Kommen Sie mit, Herr Bendig! Oh, einen tollen Hut haben Sie da.«

Sie nahmen den älteren Mann in ihre Mitte und brachten ihn zu ihrem Dartplatz.

»Dart«, sagte Helmut Bendig nach einem langen Blick auf die Dartscheibe. »Früher als ich noch Scharfschütze im Mittelalter war, da habe ich immer getroffen.«

Die jungen Männer lachten und Bendig blühte vor dem unerwarteten Publikum auf. »Nur habe ich nie das getroffen, was ich treffen sollte.« Er nahm die Dartpfeile in die Hand und warf. Er traf zielsicher die Wand und lachte. »Mein Vater sagte, es war ein Segen, dass ich zu jung für den Krieg war.«

»Wir sagen hier 'Zielen, werfen, fluchen, nochmal', Herr Bendig«, sagte Burak und gab Helmut noch ein paar Dartpfeile.

»Wir spielen nicht nach Regeln?« Er sah ihn verblüfft an.

»Heute mal nicht.«

»Dann können wir wenigstens nicht verlieren, richtig, Herr Schönbohm?« Helmut sah ihn mit großen funkelnden Augen an.

»Ja, richtig.« Sie lachten.

»Möchten Sie ein Bier, Herr Bendig?« Burak hatte die Ärmel seines Pullovers hochgeschoben.

»Ja, warum nicht?!«

»Gut, dann hol Herrn Bendig mal ein Bier, Lasse!«
Weber rollte mit den Augen, ging aber fröhlich zum
Tresen und holte noch ein Bier. Er stellte es zusammen
mit einer Schale würziger Erdnüsse auf den Tisch.

»Oh, ich liebe die«, rief Burak freudig aus und riss
die Nüsse an sich.

»Du liebst alles, was man essen kann.«

»Aber muss, ja?« Burak schaute Weber vorwurfsvoll an. »Und du Vielfraß wärst mein bester Kunde,
wenn du mal bezahlen würdest.«

»Sie verkaufen diese hervorragenden osmanischen
Spezialitäten. Ich habe einmal bei Ihnen gegessen als
meine Frau im Krankenhaus war. Es war vorzüglich!«

»Vielen, vielen Dank, Herr Bendig! Das ist sehr nett
von Ihnen!« Burak verbeugte sich leicht. »Die Frage
ist, wie lange es bei mir vorzüglich schmecken wird.
Ich habe eine neue Hilfskraft eingestellt. Sie ist eine
große Katastrophe.« Mit Schwung warf er den Dart-
pfeil und traf zielsicher die 20.

»Was ist denn passiert?«

»Sie hat die Sigara Börek ohne Füllung gemacht.
Ohne Füllung!« Der Dart traf in die 1. »Pass auf, gleich
treffe ich die 5!«

»Ja, 26, der Klassiker.« fachsimpelte Weber mit
Burak, der auch prompt die 5 auf der Dartscheibe traf.

»Heute ist nicht so ganz mein Tag.« Burak steckte
sich eine Handvoll Erdnüsse in den Mund. »Meine
Freundin hat mir verboten, zu werkeln.«

Helmut lachte leise. »Die Phase hatten wir auch
schon als Pullstedt zwei Tage keinen Strom hatte.«

Weber lachte auf. »Also waren Sie das, Herr Bendig?!«

»So schlimm war es bei mir zum Glück nicht. Ich
wurde genötigt, ein paar Äste zu schneiden. Daraus

wollte ich dann für den Hamster ihrer Nichte etwas bauen. Aber wir haben keine Gartenschere, also hab ich das große Messer genommen. Erst habe ich mir hier die Haut abgeschnitten«, er zeigte den mit Pflaster verarzteten Fingerknöchel in die Runde, »dann habe ich das Messer so blöd in das Abtropfgestell getan, dass sie sich den Finger komplett aufgeschnitten hat als sie Besteck abgewaschen hat. Das war ein Geschrei und Gezeter, sage ich euch.« Dramatisch verdrehte er die Augen und trank dann von seinem Bier. Aufmunternd schob Weber ihm eine weitere Schale Nüsse zu, die er vom Nachbartisch geklaut hatte.

»Wer ist denn die Aushilfskraft?«

»Elisabeth.«

»Die Ziegen-Lissi?«

»Ja, genau die.«

»Das Mädchen hat das eben im Blut, ihr Großvater war Schäfer«, warf Helmut ein.

»Wer ist Ziegen-Lissi?« Schönbohm fühlte sich ein wenig ausgeschlossen.

»Das ist so ein Mädchen, sie geht mit ihrer Ziege spazieren wie mit einem Hund«, sagte Lasse belustigt.

»Und die Ziege trägt einen Blumenkranz.«

Schönbohm bereute es plötzlich, gefragt zu haben.

»Warum hast du sie überhaupt eingestellt? Bisher konntest du doch alles mit der Rautmann alleine machen.« Lasse Webers Tonfall war investigativ. Er nahm einen großen Schluck Bier, wischte sich den Schaumbart ab und sah Burak erwartungsvoll an.

»Ich dachte, so kann ich Kunden gewinnen. Ich wollte das Klischee mit Türken und Ziegen ein bisschen ausnutzen. Für die Touristen.«

»Na, das war ja wohl ein Schuss ins eigene Knie«, gab Helmut zu bedenken und kratzte sich den Kopf. »Zielsicher.«

»Welche Touristen?« Schönbohm klang entgeistert und blickte von einem zum anderen.

»Da fing der Denkfehler wohl schon an«, gab Burak geknickt zu.

»Das passiert den Besten von uns, mein Junge.« Helmut tätschelte seine Schulter. »Immerhin ist noch niemand gestorben. Was guckt ihr mich so an?« Abwehrend hob er seine Hände. »Ziegenhörner sind gefährlich. Da kann man aufgespießt und ausgeweidet werden!«

Lasse zwinkerte mehrfach. »Herr Bendig, Sie haben eine versteckte düstere Ader. Eine sehr kranke Ader.«

Der alte Mann lachte fröhlich und hustete.

»Herr Bendig, was ich Sie neulich schon fragen wollte... Kannten Sie eigentlich den Fritz Jänner?« Schönbohms Blick war eindringlich und der alte Mann fing vor Überraschung noch mehr an zu husten. Der Polizist schlug ihm auf den Rücken.

»Nein«, krächzte Helmut Bendig, »ich kannte ihn wohl so gut wie alle anderen hier. Gar nicht.«

»Und Ihre Frau?«

»Meine Frau kannte hier praktischen keinen. Sie wuchs sehr isoliert auf.«

»Aber trotzdem waren Sie auf seiner Beerdigung.«

Bendigs Blick wurde kalt. »In der Großstadt mag es nicht üblich sein, Herr Kommissar, aber hier geht man auf Beerdigungen von Leuten aus dem Dorf.«

»Herr Bendig, tut mir leid, wenn ich Sie verärgert habe. Aber wenn ich höre, dass nur ein paar Personen auf der Beerdigung waren, dann habe ich natürlich ein Interesse daran, wie gut sie sich kannten.«

»Aber der Jänner wurde nicht umgebracht, also sollten Sie vielleicht lieber in eine andere Richtung ermitteln und sich nicht in Belanglosigkeiten verirren.«

Ein Arm schob sich zwischen die beiden Männer und klopfte dreimal auf den Tisch.

»N'Abend!«

»Hallo Papa!« rief Lasse Weber.

»Herr Weber, freut mich, Sie kennenzulernen. Haben Sie einen Augenblick für mich Zeit?« Schönbohm zog ihn an einen anderen Tisch.

»Herr Weber, tut mir leid, dass ich Sie damit belästigen muss. Ihr Sohn hat vielleicht schon mit Ihnen gesprochen... Sie hatten Land von Herrn Jänner gepachtet, richtig?«

Der Mann zog nickend seine dicke schwarze Jacke aus.

»Kannten Sie den Jänner irgendwie persönlich? Es war mehrfach die Rede von einer Pflegerin, die keiner zu kennen scheint oder viel mehr nie gesehen hat. Mit Ausnahme der toten Immobilienmaklerin.«

»Nein, ich habe die auch nie gesehen. Das war mir auch immer ein Rätsel. Der kam aus dem Krankenhaus und von da an war die Frau scheinbar dort. Wenn man kam und klingelte, wurde niemals geöffnet. Auch nicht, wenn man hören konnte, dass jemand da war. Und irgendwann ist man eben nicht mehr hingegangen. Dadurch, dass er mein Verpächter war, wollte ich natürlich fragen, wie es ihm geht, aber...« Er zuckte mit den Schultern und zog eine Grimasse. »Er wurde doch aber nicht ermordet, oder?« Die Augen des alten Webers waren aufgerissen.

»Nein, nein, wir hatten nur gehofft, die Identität der Pflegerin herauszufinden, falls Sie Informationen für uns hat.« Natürlich verschwieg Schönbohm den Streit zwischen der Pflegerin und Yvonne Hülsebusch.

»Haben Sie denn keinen Feierabend?«

»Doch, aber ich nutze jede Gelegenheit, die sich bietet. Dann kann ich während der Arbeit mehr Zeitung lesen.«

Weber winkte ab. »Ja ja, oder mit dem Telefon spielen. Kenne ich, habe ich schon gehört.« Lachend stand er auf. »Sie sollten sich vielleicht um den Lüdermann draußen kümmern. Der hantiert da draußen mit Panzerband und Montagekleber rum. Ich wäre hier fast nicht reingekommen. Ich musste durch den Privateingang gehen und da fuhrwerkt er jetzt auch schon rum.«

Böses ahnend rieb sich Schönbohm die Stirn. Lasse Weber stand plötzlich bei Ihnen: »Cheffe, hier ist die Kacke am Dampfen.«

»Ihr Vater hat schon gesagt, dass der Lüdermann draußen was ausbrütet.«

Mit schnellen Schritten eilte er zur Tür, vor der schon einige Kneipengäste standen. Der Geruch von Frittierfett stieg Schönbohm in die Nase. Er schob sich an den Männern vorbei und versuchte vergeblich die Tür zu öffnen. Mit der Faust schlug er gegen die Tür. »Lüdermann! Öffnen Sie die Tür!«

»Spricht da die Polizei?« Micha Lüdermann lachte keckernd.

»Ja, hier spricht die Polizei! Lassen Sie uns hier raus.«

»Sonst was?«

Kopfschüttelnd sah Schönbohm seinen Kollegen Weber an, der mit den Händen in die Hüften gestemmt neben ihm stand.

Weber schnaufte und Helmut Bendig rief: »Sonst sagen wir es deiner Mutti!« Die Gäste lachten.

»Gehen wir aus dem Fenster raus, Weber.«

»Ich würde ja gerne die Polizei rufen«, donnerte eine tiefe Stimme hinter ihnen, »aber diese Spezialisten sind ja hier eingesperrt wie wir. Und die Feuerwehr auch...« Er warf einen vorwurfsvollen Blick auf drei Männer am Ecktisch und beobachtete dann mit vor der Brust verschränkten Armen wie Schönbohm und Weber umständlich aus dem Fenster kletterten.

»Lüdermann!« Schönbohm richtete sich auf, nachdem er draußen war. Weber machte es ihm gleich und Lüdermann drehte sich lachend zu ihnen um.

»Ja, ich habe die Fenster vergessen.« Er schlug sich die Hand vor die Stirn. »Nächstes Mal.«

»Es wird kein nächstes Mal geben. Sie kommen jetzt mit und nüchtern auf der Wache aus. Da reden wir dann morgen mal Klartext darüber, was Ihr asoziales Verhalten betrifft.«

Er machte ein paar Schritte auf den Mann zu und betrachtete dessen Werk. Er hatte mehrere Mülltonnen vor die Türen der Gaststätte gestellt und dann quer von einem Eingang zum anderen seinen Wahlbanner geklebt. »Volle Pulle für Pullstedt – volle Pulle Lüdermann« prangte an der Kneipe seines Wahlgegners.

»Wohl eher volle Tonne«, lachte Weber, der sich dazu stellte.

»Na ja«, sagte der Hopf, der ebenfalls aus dem Fenster geklettert war »volle Pulle Lüdermann ist korrekt. Der Mann ist eine Flasche.«

Lüdermann sah rot. Er setzte sich auf sein Fahrrad und fuhr, aufgrund der geringen Entfernung, mit minimaler Geschwindigkeit aber mit maximalen

Angriffsgebrüll auf den massigen Kneipier zu. Dieser packte das Fahrrad am Lenker und schleuderte es samt Lüdermann zu Boden. Micha Lüdermann, Bürgermeisterkandidat und Notarztwagenfahrer, hatte diesen Zug überraschenderweise nicht kommen sehen und gab bei seinem Fall zu Boden ein überraschtes Pupsgeräusch von sich. Wie ein Flummi sprang der Wüterich auf und fing an zu zetern:

»Ich warne dich, Hopf! Ich mache meine eigene Kneipe auf! Ich braue mein eigenes Bier! Ich verkaufe mein eigenes Bier! Pullstedter Power Pils!«

Als ihm auffiel, dass ihm die Männer keine Aufmerksamkeit schenkten, sondern an ihm vorbeisahen, stoppte er seine Wüterei. Unpassend in Bermudashorts und langem Pullover drehte er sich um und sah, dass Flammen den Nachthimmel erleuchteten.

Er klang plötzlich nüchtern als er fragte: »Ist das nicht das Haus vom Jänner?«

NEUN

In eine Decke eingewickelt saß Schönbohm auf der Terrasse eines kleinen heimeligen Familienhotels und ließ sich die Herbstsonne ins Gesicht scheinen.

Nach den vielen vergangenen Tagen »Pullstedter Terror« wie er es nannte, hatte er sich eine Wochenendauszeit an der Nordsee wahrlich verdient.

Der Brand des Jänner-Hauses hatte viele Fragen aufgeworfen. Die Bürgermeistergattin hatte mehrfach auf der Dienststelle angerufen und Schönbohm den letzten Nerv geraubt. Staatsanwältin Böning ließ sich auch von Weber nicht mehr um den Finger wickeln und wollte wissen, was »in dem Scheißkaff« los sei. Der Anrheiner vom Pullstedter Express belagerte die Dienststelle und gab dann den Journalismus zugunsten von Fiktion auf, was er in farbenfrohen Artikeln und Wortneuschöpfungen täglich in der Zeitung unter Beweis stellte:

»Mord, Totschlag, Höllenglut, Feuersbrunst und Leichenfledderei – Die Reiter der Apokalypse in Pullstedt«

»Pullstedter Prekärie und die Polizei schweigt«

»Was verheimlicht die Pullstedter Polizei?«

Nachdem sie den Brand bemerkt hatten, hatte Ingo Hopf zum Telefon gegriffen und die Feuerwehr angerufen, da die örtliche freiwillige Feuerwehr schon zu genüge den eigenen Brand bekämpft hatte und nicht mehr in der Lage war, aus dem Fenster zu klettern. Das Öffnen der Kneipentüren hatte sich als etwas schwieriger herausgestellt, da sie nicht nur die Banner und die Mülltonnen entfernen mussten. Lüdermann, der mit den Worten »Schönen Feuerabend noch!« auf seinem Fahrrad weggefahren war während allseits Hektik ausbrach, hatte die Tonnen mit schnellhärtendem Montagekleber fixiert.

Als sich der Einsatzleiter der freiwilligen Feuerwehr Pullstedt bei dem alkoholisierten Ausstieg aus dem Fenster das Handgelenk brach, wollte Schönbohm nur noch schreien.

Ingo Hopf, der wie ein Fels in der Brandung ruhig auf dem Hof stand und alles beobachtete, erzählte ihm beiläufig und mit ruhiger Stimme, dass das typisch Pullstedt sei. Auch erzählte er ihm zusammenhangslos von der Pullstedter Polizeihundestaffel, die der Bürgermeister befürwortet hatte. Dabei hatte es sich um genau einen Hund gehandelt, auf den Lasse Weber allergisch reagiert hatte. Darüber hinaus war der Hund »dümmer als die Polizei erlaubt« und hatte bei dem ersten Einsatz komplett versagt. Bei dem Versuch, Marihuana aufzuspüren, inhalierte er eine Haselnuss, die operativ aus der Lunge entfernt werden musste. Der Hund wurde kurz darauf vorzeitig pensioniert. Schönbohm nickte verständnisvoll und zugleich resignierend. Auch er hatte erkannt, dass das Pullstedt war. Pullstedt pur. Volle Pulle pures Pullstedt.

Jeder, der einen Feuerlöscher im Haus hatte, versuchte, das alte Gebäude zu löschen bis die Berufsfeuerwehr aus der Stadt kam.

Der Brand gab Schönbohm trotz des Gefühls der chaotischen Lage in dem kleinen Ort Pullstedt, in dem der Wahnsinn regierte, niemals Herr zu werden, neue Energie. Er hatte keine Lust mehr auf die Ergebnisse der Spurensicherung zu warten. Er rief am nächsten Tag bei Erler an und verlangte nicht nur zu wissen, warum er so lange warten musste, sondern wollte er auch direkt die Ergebnisse von der Blutspuruntersuchung des Baggers im Garten des Jännerhofs erfahren. Erler schnaufte laut in den Telefonhörer und erklärte, dass Pullstedt auf der Prioritätenliste nicht weit oben stünde. Schließlich gäbe es dringlichere Fälle in der Stadt, aber rein zufällig habe er die Laborergebnisse gerade bekommen und das Blut war in der Tat von Zimmermann. Und der Bericht der Feuerwehr bestätigte ein paar Tage später, dass Brandbeschleuniger verwendet worden war. Weber und Schönbohm hatten alle Hände voll zu tun. Aber alles scheiterte an der Identität der Pflegerin und der Verbindung zu Jänner.

»Weber, ich denke, die Pflegerin ist der Schlüssel zu allem. Vielleicht ist sie sogar die Mörderin.«

»Uhuhuhuuuuu«, machte Barbara Rautmann mit einem Horrortonfall, als sie im Hintergrund die Papierkörbe leerte.

»Jede Person, die unsere mysteriöse Pflegerin gesehen hat, wurde getötet. Die Blutspritzer deuten auf einen kleinen Täter, es könnte also eine Frau gewesen sein.«

»Ja, natürlich«, die Stimme der Rautmann klang empört. »Das ist Sexismus! Als Nächstes sagen Sie, die Frau wäre durchgedreht, weil sie ihre Tage hatte!«

Weber ließ wie ein Schuljunge den Kopf auf die Tischplatte fallen und Schönbohm verdrehte die Augen, dass ihm fast schwindelig wurde.

»Dann ist es ja gut, dass es ein altes Mädchen wie Sie als Tatverdächtige ausschließen würde«, murmelte Schönbohm.

Ein leises »Das habe ich gehört, Hauptkommissar Stimmungskiller« kam aus der Küche.

»Der Zimmermann-Tatort spricht auch dafür. Nehmen wir an, es war tatsächlich nur ein Unfall, er wurde vielleicht nur geschubst, er verliert das Gleichgewicht und stürzt unglücklich. Hat es doch alles schon gegeben.«

Interessiert hob Weber den Kopf. »Und weiter?«

»Warum wird die Leiche durch den halben Garten gezogen aber nicht weiter?«

»Weil der Täter überrascht wurde?!«

»Nein, er wurde nicht überrascht. Schließlich wurde der Boden geharkt, um Fußspuren zu verwischen. Dafür hatte er Zeit. Eine Frau hat ihn gezogen. Und der Mann war zu schwer. Sie hatte keine Kraft mehr.«

»Hm, also eine alte, kleine, schwache Frau. Die Hülsebusch hatte gesagt, sie sei alt gewesen.«

Schönbohm nickte während er ein paar Linien auf seinem Notizblock nachmalte. »Leider schränkt das den Kreis der Tatverdächtigen in Pullstedt jetzt nicht sonderlich ein...«

»Sie ist wie ein Phantom. Sie hat hier gearbeitet und niemand hat sie gesehen. Sie bringt zwei Leute um und niemand hat sie gesehen. Sie legt ein Feuer und niemand hat sie gesehen.«

»Aber sie muss entweder in Pullstedt wohnen oder sie ist extrem gut vernetzt. Woher sollte sie sonst wissen, dass wir etwas gefunden haben. Sie ist nervös geworden.«

»Und sie wollte Beweise vernichten.«

Schönbohm sah lange aus dem Fenster. »Wissen Sie, was mit Frau Eichmann ist? Seit der Exhumierung ihres Sohnes habe ich sie nicht mehr gesehen oder erreichen können.«

Weber sah sich hektisch um und senkte die Stimme zu einem Flüstern. »Denken Sie, dass Frau Eichmann eine Killerin ist?«

»Das habe ich nicht gesagt, ich habe mich nur gefragt, wo sie ist. Ich habe mehrfach auf den Anrufbeantworter gesprochen und sogar Post geschickt. Keine Reaktion.«

»Eine alte flüchtige Mörderin.«

»Irgendwie ist das alles so verworren. Auch mit dem Drama um die falschen Bestattungen. Die Rechtsmedizin ist derzeit dabei, DNA Vergleiche mit den Angehörigen anzustellen, um die Bestatteten zuordnen zu können. Die Starke wird aber definitiv nicht mehr selbständig arbeiten. Soviel ist sicher.«

»Als hätte die gearbeitet. Die saß doch nur auf ihrem knochigen Arsch.« Frau Rautmann lief mit Papieren zum Schredder.

»Dass Sie alles, aber auch wirklich alles kommentieren müssen, Frau Rautmann.« Er notierte beiläufig:

- Frau Eichmanns Aufenthaltsort ausfindig machen
- Dr. Bremer nach der Pflegerin befragen
- Schladerbusch

»Dafür werde ich schließlich bezahlt. Für meinen Input!«

Gespielt nachdenklich legte Schönbohm die Hand ans Kinn. »Nein, Sie werden dafür bezahlt, dass sie Sachen tippen. Sie sind überhaupt viel zu oft hier. Sie bekommen das nicht bezahlt, das wissen Sie, ja?«

Bevor sie richtig antworten konnte, fiel Weber ihr hektisch ins Wort: »Frau Rautmann ist ein Spion. Frau Rautmann ist die alte Mörderin!«

Stumm sahen sich Barbara Rautmann und Marco Schönbohm an.

»Wenn ich es nicht besser wüsste, würde ich jetzt denken, deine Mutter hat dich vom Baum fallen lassen.« Ihr Tonfall war trocken.

»Na, na, na, werden Sie jetzt mal nicht paranoid, Weber.«

Der junge Polizist warf der Rautmann einen skeptischen Blick zu. »Ach ja, Cheffe, ich habe ganz vergessen, es Ihnen zu sagen: Lisa, also die Staatsanwältin Böning sagt, es sei nicht so einfach jemanden aufzutreiben, der Sütterlin kann. Wir müssen uns noch etwas gedulden.«

Und das war der Moment, in dem Schönbohm beschloss, am Wochenende ans Meer zu fahren. Es war nah genug, dass man spontan hinfahren konnte, aber weit genug entfernt, um dem Pullstedter Mief zu entkommen und den Wahnsinn kurz zu vergessen. Kala hatte sich lauthals beschwert. Sie war ganz entzückt vom Harz, seinen urigen Holzhäusern und der Natur. Schönbohm hatte sich schon gefragt, wie Kala jemals in der Stadt hatte existieren können.

Kala setzte sich zu ihm und rieb ihre Hände aneinander, um sie aufzuwärmen. Sie waren gerade von einem Strandspaziergang zurückgekommen. Und obwohl die Sonne schien, war der Wind recht kühl. Das Familienhotel Winkelsmühle in dem kleinen Ort desselben Namens war direkt am Strand gelegen und von der Terrasse aus hatte man den besten Ausblick auf das Meer. Die Wellen glitzerten im Sonnenschein und der Strandhafer tanzte im Wind. Schönbohm atmete tief ein. Das hatte er gebraucht.

»Es war eine gute Idee, hierher zu kommen!« Kala nahm einen großen Schluck heißen Kakao.

»Ja, das war es.« Er streckte die Arme. »Vielleicht pustet der Wind meinen Kopf durch. Dann kann ich wenigstens wieder klar denken.«

»Es ist eben alles anders auf dem Land.«

»Anders ja, geisteskrank auch.«

Kala lachte. »Sie sind nicht geisteskrank. So ein Dorf ist ein Mikrokosmos. Umgekehrt ist es doch auch nicht anders, wenn man vom Land in die Stadt kommt, zu den ganzen Neurotikern.«

Er legte die Hand auf ihren Rücken. »Du hast Recht. Wie immer.«

»Ich weiß.« Sie richtete sich plötzlich auf und streckte neugierig ihren Hals nach vorne. »Ist das Helmut Bendig?« Sie erhob sich ein wenig von ihrem Stuhl. »Helmut und Ina?« Sie beobachtete ein älteres Ehepaar, das sich die Wellen um die Gummistiefel spülen ließ. Die Frau trug einen Sonnenhut mit großer Krempe, die im Wind hin und her klappte, sodass sie sie mit der Hand festhielt.

»Nein, das sind sie nicht.«

»Aber ja! Guck richtig hin!« Sie winkte ihnen zu als der Mann in ihre Richtung blickte. Er winkte zurück und beide kamen auf sie zu.

Helmut trug eine braune Kordhose, deren Beine er in die Gummistiefel gesteckt hatte und dazu eine warme schwarze Steppjacke. Ina, die sonst immer geblümte Röcke trug, hatte ebenfalls eine Hose an. Die beiden hielten sich an den Händen.

»Hallo, hallo«, grüßte Ina, deren Gesicht fahl und eingefallen aussah. Trotz des Windes waren ihre

Wangen nur leicht gerötet. Ein Windstoß klappte die Krempe ihres Sonnenhuts wieder herunter und direkt vor ihre Augen. Helmut lachte leise. »Die meiste Zeit ist sie heute blind unterwegs. Ein blindes Huhn.«

»Für die Sonne war der Hut gut, aber den Wind habe ich nicht bedacht. Aber jetzt kann ich ihn auch abnehmen.« Ina zog eine lange altmodische Hutnadel aus dem Hut, setzte ihn ab und steckte die Nadel wieder hinein.

»Setzen Sie sich doch bitte«, bot Schönbohm an und das ältere Ehepaar kam seiner Bitte nach.

»Die Welt ist so klein!« Kala strahlte die Bendigs an.

Schönbohm stimmte zu. »Wir haben nicht erwartet, noch jemanden aus Pullstedt hier zu treffen.«

»Oh«, begann Helmut, »der Bürgermeister hat hier ein Wochenendhaus. Er ist mit seiner Frau fast jedes Wochenende hier.«

»Ich hoffe, denen begegnen wir nicht.« Schönbohm sah gequält aus.

»Ja, die Gattin ist speziell.«

»Aber wer ist das nicht?« relativierte Kala, die nicht wollte, dass sich Marco wieder aufregte. »Kommen viele Pullstedter hierher?«

»Der Bürgermeister definitiv und natürlich wir. Wir sind jedenfalls regelmäßig hier. Für uns ist es eine Flucht aus dem Alltag. Unser Paradies.«

Helmut tätschelte Inas Hand.

»Apropos Flucht.« Schönbohm räusperte sich. »Wissen Sie zufällig, wo sich Frau Eichmann aufhält?«

Ina war hellhörig geworden. »Ist sie auf der Flucht?«

Er winkte schnell ab. »Nein, nein, aber ich kann sie nicht erreichen. Es wäre ja möglich, dass sie auch eine

Alltagsflucht braucht nach der Exhumierung ihres Sohnes.«

Beide schüttelten den Kopf. »Ich habe sie lange nicht gesehen«, sagte Ina. »Das letzte Mal beim Dorfkarneval.

»Apropos Exhumierung.« Ina räusperte sich. »Was wird denn jetzt aus Starke Bestattungen?«

»Von den strafrechtlichen Konsequenzen abgesehen... Ich denke, es wird auf ein Berufsverbot hinauslaufen.«

»Nein, nein.« Ungeduldig schüttelte Ina ihren Kopf. »Ich will nicht wissen, was aus Sabine Starke wird, sondern aus der Firma.«

Schönbohm verzog das Gesicht. »Keine Ahnung.«

»Aber Kindchen«, Ina langte über den Tisch und tätschelte Kalas Hand, »warum übernehmen Sie das Bestattungsinstitut nicht?«

Kala sah überrascht aus und schob verlegen eine Haarsträhne hinter das Ohr. »Ich weiß nicht. Das ist viel Verantwortung. Und immer würden die Leute Vergleiche mit den Starkes anstellen. Und das ganze Gerede erst...«

»Papperlapapp!« Ina gestikulierte wild. »Irgendwer muss es doch übernehmen. Wenn Sie es nicht machen, kommt irgendwer anders. Sie sind eine tüchtige junge Frau.«

»Ich befürchte, dass die Leute es hassen werden, wenn ich als Fremde es übernehme.«

Helmut schüttelte den Kopf. »Die hassen es nur, wenn man ihnen Geld für Beerdigungen abnimmt, die so nicht stattfinden. Irgendwer Fremdes wird es ohnehin übernehmen. Und Sie Beide sind ja schon fast Pullstedter.« Er zwinkerte ihr aufmunternd zu.

Eine Böe spielte mit den Enden der Tischdecke und ergriff Inas Hut, der auf dem Tisch lag. Er segelte durch die Luft und flog dann mit einigen Drehungen in die Dünen, wo er von einem weiteren Windstoß wegetragen wurde. Helmut machte Anstalten, aufzuspringen, aber Ina, die herzlich lachte, hielt ihn am Handgelenk fest.

»Den brauche ich nicht mehr.«

Das Wetter am Sonntag war deutlich milder. Vor der Abreise unternahmen Marco Schönbohm und Kala Goraya einen weiteren Spaziergang am fast leeren Strand. Kala hatte den ganzen Samstag überlegt, ob sie einen Businessplan erstellen und das Bestattungsinstitut übernehmen sollte. Einerseits hatte sie Angst vor der eigenen Courage, andererseits war sie enthusiastisch. Ihr Verlobter hingegen war müde. »Es ist dieser Ort, Kala. Diese Leute.«

»Aber kannst du dem denn gar nichts abgewinnen? Diese kleinen charmanten Eigenheiten der Personen? Mir gefällt das sehr gut.« Sie hob eine Muschel auf und steckte sie in die Tasche zu den anderen.

»Ja, dir gefällt das sehr gut, weil du mit Toten zu tun hast. Da merkst du nicht wie die drauf sind.«

»Das mag sein, trotzdem mag ich das. In Pullstedt sind die Menschen eben noch Menschen, die sich nicht verstecken. Nicht anonyme Gestalten wie in der Stadt.«

»Schrullige Menschen, die sich verstecken sollten.«

»Ach Marco!« Sie klang streng. »Guck dir nur deinen Weber an! Ein schlaksiger 2-Meter-Mann mit dem Gemüt eines grenzdebilen 13-Jährigen, der eine Polizeihundehaarallergie hat und hysterisch wird, wenn es um Sahne und Herpes geht. Sowas ist doch liebenswert.«

»Der hat auch eine Polizeipferdehaarallergie« hörten sie die Stimme Helmuts hinter sich.

Kala griff sich erschrocken ans Herz. »Da haben Sie sich aber angeschlichen!«

»Entschuldigung, wir wollten Sie nicht erschrecken. Ja, durch den Wind an den Ohren hört man hier manchmal schlecht.«

»Dürfen wir uns für einen kurzen Spaziergang aufdrängen?« Helmut grinste verschmitzt.

»Sie dürfen immer!«

»Polizeipferdehaarallergie?« Schönbohm war neugierig geworden. »Gab es also nicht nur die Hundestaffel, sondern auch eine Pferdestaffel in Pullstedt?«

»Ja, das war ein Versuch.« Helmut winkte ab und lachte, Ina fiel in das Lachen mit ein. »Aber das war ein ähnlicher Reinfall wie mit dem Hund. Ich weiß nicht, was die dem armen Gaul gefüttert haben, aber der war ständig aufgegast und hat dann bei jedem Schritt gefurzt. Wäre ja nicht so schlimm gewesen, wenn er sich dann nicht vor seinen eigenen Fürzen erschreckt hätte und durchgegangen wäre.« Wieder lachte das alte Ehepaar. Ina legte ihm die Hand auf den Oberarm. »Weißt du noch beim Dorffest als sie eine Parade mit der freiwilligen Feuerwehr und dem Schützenverein machen wollten?« Helmut lachte noch mehr und musste einen Moment stehen bleiben als er anfing zu husten.

Er räusperte sich als er wieder zu Atem kam. »Ja, das war ganz am Anfang als das Pferd noch neu war. Und der Lasse war gerade mit der Polizeischule fertig. Der hatte noch nicht den Test für die berittene Staffel gemacht, das war so ein Experiment. Der Cousin vom Bürgermeister ist ja ein hohes Tier bei der Polizei. Na ja, jedenfalls saß der Lasse auf dem bockenden, furzenden Gaul, der sich verschreckt zwischen den Leuten in der Parade um die eigene Achse drehte und gelegentlich den ein oder anderen vom Fanfarenzug mit seinem Hinterteil wegballerte. Und von diesen Drehungen wurde Lasse so schlecht, dass er von oben alle vollgekotzt hat.«

»Und dann ist er vom Pferd gefallen und hat sich die Hand gebrochen«, beendete Ina die Geschichte. »Der Lasse hat es scheinbar nicht so mit Tieren«, sagte sie nachdenklich. »Oh Helmut, weißt du noch die Geschichte aus dem Aquarium als er diese Klassenfahrt hatte? Das war schrecklich!« Ihre Stimme klang traurig.

»Lassen Sie uns lieber das Thema wechseln! Fahren Sie heute wieder nach Pullstedt?«

Kala bejahte.

»Wir auch. Leider. Wir haben viele Zimmerpflanzen, die gegossen werden wollen. Aber wir wollen schnellstmöglich zurückkommen. Wir finden es außerhalb der Saison besonders schön hier. Zum Glück fährt man nicht so lange.«

»Es ist so ein schöner Tag, wir machen ein Selfie!«

»Ein was?«

»Das ist bestimmt wieder Jugendsprache.« Ina lachte.

»Wir machen ein gemeinsames Foto.« Kala holte ihr Telefon aus der Tasche, öffnete die Kamera-App und drückte es Marco, der einen längeren Arm hatte als sie, in die Hand. Die Paare rückten näher zusammen.

»Und jetzt alle: Cheese!«

»Ameiiiisenscheiiiiße!«

Alle lachten.

»Helmut, du wieder!« Ina zwickte in seine Wange.

»Schönbohm zeigte allen das Foto. Es war nicht das Schönste oder Vorteilhafteste, aber sehr authentisch.

Sie gingen ein paar Schritte als Kala etwas im Sand entdeckte.

»Ihr Hut! Hier ist er gelandet!« Mit einigen Schritten war sie dort. Sie hob den Sonnenhut auf, der sich zwischen dem Strandgras verheddert hatte und schüttelte den Sand ab.

»So, da haben Sie das gute Stück wieder. Für den nächsten Kurzurlaub.«

Ina lächelte und schüttelte den Kopf. »Ich denke in den nächsten Monaten brauche ich keinen Sonnenhut. Das Wetter wird ja nicht besser.« Sie nahm den Hut entgegen und nestelte daran herum. Dann hielt sie Kala die Hutnadel entgegen. »Die ist für Sie! Die Nadel hat meiner Mutter gehört. Dann haben Sie etwas, was sie an diesen Tag mit zwei alten Leuten am Meer erinnert. Vom Foto abgesehen. Wie heißt das gleich nochmal? Elfie? Helfie?«

Fasziniert nahm Kala die Hutnadel an sich und betrachtete das kunstvoll zur Blume gefertigte Ende. »Sind Sie sicher? Es ist ein Familienstück!«

»Wir haben keine Kinder und mitnehmen können wir nichts, wenn wir sterben. Lieber mit einer warmen Hand geben als mit einer kalten.«

Der Montagmorgen in Pullstedt war ungemütlich nass-kalt. Schönbohm, dem die Beine vom vielen

Dienstradfahren mittlerweile nicht mehr weh taten, hatte wieder einmal schlecht geschlafen. Das Flutlicht der Frau Rehstock-Rosenstein hatte aufs Neue sein Schlafzimmer erleuchtet. Noch immer rang er mit sich, sie darauf anzusprechen. Er stellte den Kragen seiner Jacke hoch und setzte sich auf sein Fahrrad, das mit jeder Umdrehung der Reifen quietschte. In der Nacht hatte es geregnet und Schönbohm sah, wie unterhalb des Pullstedter Forsts der Dunst über den Feldern lag. Ein großer Trecker fuhr für Schönbohms Geschmack viel zu dicht an ihm vorbei und verdreckte die Straße mit dem Matsch, der von den Reifen fiel. Wie jeden Morgen hörte er einen Hahn krähen und es dauerte nicht lange, bis ein zweiter Hahn antwortete. Schönbohm war noch nicht lange gefahren als er in der Entfernung den Umriss einer Person wahrnahm, die sich sehr auffällig verhielt. Lüdermann, dachte Weber sofort. Jedoch entpuppte sich der verhaltensauffällige Umriss als Lasse Weber. Sechs große Pommerngänse blockierten die Straße. Der Ganter rannte mit lang ausgestrecktem Hals fauchend auf Weber zu, der mit gezogener Waffe neben dem auf dem Asphalt liegenden Fahrrad stand.

»Himmel, Weber, was machen Sie da?« Schönbohm bremste mit dem Rad, das einen gequälten Ton von sich gab.

»Morgen Cheffe! Ich verteidige mich.« Ohne den Blick von dem Ganter abzuwenden, tastete er mit einer Hand nach dem Lenker seines Fahrrads, das er aufstellte. »Normalerweise bringe ich Brot oder Toast mit, um sie abzulenken, aber mir ist es über das Wochenende ausgegangen.«

Zwei Gänse lagen desinteressiert im Gras am Straßenrand und zupften kleine Halme, die Anderen waren über die Breite der Straße verteilt und kamen immer näher. Der Ganter fauchte ein weiteres Mal und begrüßte Schönbohm mit einem Biss in den Fahrradreifen.

»Normalerweise? Passiert das öfter, dass sie von einer Gänsebande angehalten und auf Geflügelart bedroht werden? Und jetzt stecken Sie doch endlich die Waffe weg! Sie sehen ja aus wie ein Geisteskranker!«

Zögerlich steckte Weber seine Pistole ins Halfter. »Das wird nicht gut enden, Cheffe.« Er schüttelte traurig den Kopf.

»Die Frage mag vielleicht blöd klingen, aber warum fahren Sie nicht einfach an den Tieren vorbei?«

»Chef, das ist unmöglich.« Ganz langsam und ohne den Blick abzuwenden, bewegte sich Weber rückwärts, um Abstand zwischen sich und dem Ganter und dessen Gänsen zu gewinnen.

»Herrgott, Weber, setzen Sie sich auf das Rad und fahren Sie los! Der Dienst hat noch nicht einmal begonnen und ich wünsche mir schon wieder, dass ich im Hotel geblieben wäre.«

»Chef, ich weiß, Sie kommen aus der Stadt und sind etwas unbedarft, was das Landleben und Tiere betrifft. Aber Sie können mir glauben, dass es einen guten Grund dafür gibt, weshalb ich immer eine halbe Stunde früher zum Dienst gehe.«

Schönbohm dachte an die Geschichten über Weber, die Helmut Bendig erzählt hatte und unterdrückte ein Lachen.

Ein bisschen sanfter sagte er dann: »Steigen Sie einfach auf das Rad, es wird schon nichts passieren.«

»Ich übernehme keine Verantwortung.« Webers Ton war emotionslos. »Aber sehen Sie zu, dass Sie so schnell fahren, wie Sie können.«

Kaum hatte Weber in die Pedale getreten, brach das Chaos aus. Die Gänse machten Radau und verfolgten wie wildgewordene Hunde das Fahrrad. Schönbohm, der die Angelegenheit nicht ernst genommen hatte, musste zweierlei Dinge lernen:

Gänse waren überraschend schnell

Gänsebisse waren sehr schmerzhaft

Sie packten ihn an den Waden, eine Gans biss ihm in den Arm und als er einen Moment nicht aufpasste, hing eine Weitere am Kabel der Gangschaltung.

»Das ist Staatseigentum«, ächzte Schönbohm, der damit beschäftigt war, die Gänse abzuwehren. Gleichzeitig wollte er die Gans, die sich am Gangschaltungskabel verbissen hatte, nicht hinterherschleifen. Er stoppte kurz, um das angriffslustige Geflügel zu entfernen, das sich jedoch hochschwang, auf sein Gesicht einhackte und dann mit aller Kraft seinen Nasenflügel schnappte und drehte. Unwillkürlich schrie Schönbohm auf und sah nur noch, wie Weber, verfolgt von ein paar Gänsen, hinter der Straßenecke verschwand. Er merkte, wie ihm Blut vom Gesicht lief und dann wurde die Gans mit einem dumpfen Schlag in sein Gesicht gedrückt. Vor Schreck ließ das Federvieh seine Nase los, jedoch nicht, ohne sie vorher noch einmal in die andere Richtung zu drehen. Ihm gegenüber stand eine kugelrunde Frau mit einem roten Kopftuch und blauer Küchenschürze, die einen Besen in der Hand hielt und damit die Gans laut schimpfend verscheuchte. Bevor er sich bedanken konnte, war sie jedoch wieder verschwunden.

Er seufzte schwer und suchte vergeblich nach einem Taschentuch. Behelfsmäßig drückte er seine Hand, die mit dem Ärmel seines Pullovers bedeckt war, an die schmerzende Nase. Mit größter Vorsicht näherte er sich der Kurve, falls die anderen Gänse von Weber abgelassen hatte und auf ihn warteten, doch zu seinem Glück waren sie verschwunden.

Vor der Wache angekommen, versuchte er gar nicht mehr, den Fahrradständer zu verwenden, sondern ließ das Rad gewohnheitsgemäß ungerührt zu Boden fallen.

»Oh Scheiße«, entfuhr es Weber als Schönbohm die Dienststelle betrat und er das Blut sah. »Nehmen Sie mal die Hand weg.«

Zischend sog er die Luft zwischen den Zähnen ein als er sich den Nasenflügel seines Vorgesetzten ansah.

»Sie sollten das von Dr. Weber nähen lassen. Das sieht nicht so gut aus, Chef.«

Frau Rautmann, die mit einer Kaffeetasse aus der Küche kam, gab einen spitzen Schrei von sich.

»Ey, Weber, vergessen Sie nächstes Mal bloß nicht ihre verdammten Brotreste! Ich will Sie morgens nie wieder auf der Straße treffen!«

»Aber ich habe Ihnen gesagt, dass Vorbeifahren nicht funktioniert. Sie wollten mir ja nicht glauben!«

Schönbohm, der von Barbara Rautmann ein Taschentuch bekommen hatte, drückte dieses auf seine Nase und ließ sich ächzend auf einen Stuhl fallen.

»Weber, ich dachte bisher, Sie sind nicht so der Typ, den Tiere mögen. Aber ich bin mir jetzt ziemlich sicher, dass das gar nicht Ihre Schuld ist. Die ganzen Pullstedter Viecher sind einfach nur genauso verrückt wie die menschlichen Bewohner.« Vorsichtig zog er sein linkes Hosenbein hoch und betrachtete den Schaden an seinen Beinen. Die Gänsebisse hatten rote Stellen hinterlassen.

»Ich kenne das Problem«, sagte Weber mit einem Seufzen und zog beide Hosenbeine hoch und entblößte Flecken in verschiedenen Farben und Verheilungsstadien.

»Das sind die Gänse der Röllkes. Denen ist das ja komplett egal. Gab ja schon unzählige Beschwerden, auch bei der Frau vom Bürgermeister, weil die Gänse die ganzen Wege vollkacken und niemanden die Straße langgehen lassen.« Die Rautmann, heute in kastanienbraunen Leggings, blauen Kunststoffclogs und Leopardenprintbluse gekleidet, schüttelte abwertend den Kopf und stemmte die Hände in die ausladenden Hüften.

»Mindestens einmal im Jahr belagern die den örtlichen Kindergarten und dann muss die Berufsfeuerwehr kommen.« Weber ließ die Hosenbeine runter und kratzte sich am Hinterkopf.

»Vielleicht sollten wir mit diesen Röllkes mal sprechen.«

»Keine Chance, Cheffe.«

»Der Herr Kommissar Stimmungskiller sollte besser erst einmal zu Dr. Weber gehen.« Besorgt sah die Rautmann auf das blutige Taschentuch. »Und danach gibt's leckeren Tassenkuchen.«

»Och nö, nicht schon wieder, Frau Rautmann. Entweder sind die total trocken oder total nass. Können Sie nicht was anderes machen?«

Sie funkelte Lasse Weber empört an. »Ich bin hier doch nicht die Köchin! Also wirklich! Und außerdem muss der Herr Schönbohm endlich mal was mitbringen. Der hat sich schon die ganzen Wochen gedrückt und Morde vorgeschoben!«

»Zum Glück unterstellen Sie mir nicht, dass ich die Morde begangen habe, um nicht kochen zu müssen.« Schönbohm stand auf. »Ich muss sowieso mit dem

Doktor sprechen, dann kann ich ihn auch gleich auf die Nase gucken lassen, denke ich.«

»Ich halte hier die Stellung!« Frau Rautmann schwang sich auf den Schreibtischstuhl und öffnete den Internetbrowser.

»Wir müssen die Kindersicherung aktivieren. Frau Rautmann soll nicht immer illegal Filme gucken. Da habe ich ein ganz ungutes Gefühl.«

Zustimmend nickte Weber. »Soll ich Sie gleich auf dem Gepäckträger mitnehmen? Falls Sie eine Betäubung bekommen, dürfen Sie nicht fahren.«

»Ich wäre Ihnen dankbar, wenn Sie mich nicht auf dem Gepäckträger mitnehmen würden. Und bevor Sie fragen, auch nicht vorne auf der Stange.«

»Hm, okay.« Weber zuckte mit den Achseln und ging voran.

Gemeinsam machten sie sich auf den kurzen Weg. Schönbohm fühlte sich ein wenig paranoid, weil er immer nach den Gänsen Ausschau hielt.

Vor einem kleinen Flachdachbungalow hielt Weber an und öffnete das Tor. Auf einem großen weißen Schild stand:

Dr. med. Willfried Bremer
Allgemeinmediziner
Präsident FKK-Sportclub

Schönbohm blickte Weber an und ließ langsam die Hand mit dem Taschentuch sinken. »Das ist nicht Ihr Ernst, oder?«

»Keine Sorge, er wird Sie nicht nackt behandeln.« Aufmunternd nickte Weber ihm zu.

Mit einem unzufriedenen Knurren ging Schönbohm voran in die Praxis.

Der Empfangsbereich der Praxis war gewöhnlich. Vitrinen mit Dekoration, die irgendwie mit Medizin zu tun hatte, beruhigende Kunstdrucke von Stillleben und Blumen an den Wänden. Weber war direkt ins Wartezimmer gegangen und Schönbohm ging zur Anmeldung. Ein hoher Tresen beherrschte den Raum und Schönbohm konnte gerade so den Kopf eines dahinter sitzenden Mannes sehen, der etwas am Computer schrieb.

»Einen Moment, bitte«, sagte der bärtige Mann mit kreisrundem Haarausfall ohne ihn anzusehen. Er tippte noch einige Male lautstark auf der Tastatur und wandte sich dann an Schönbohm, der vor Schreck einen Schritt zurückwich als er bemerkte, dass die Augen des Mannes in unterschiedliche Richtungen blickten. Ein Auge sah ihn an, das andere blickte tendenziell eher in Richtung des eigenen Ohres.

»Oh«, sagte der ältere Mann an der Anmeldung betroffen. »Gänsebiss, nehme ich an?!«

»Äh, ja«, sagte Schönbohm, unsicher, in welches Auge er schauen sollte.

»Dann bitte einmal Ihre Versichertenkarte.«

Der Kommissar kramte die Karte aus seiner Geldbörse und war bemüht, direkten Augenkontakt, insofern das möglich war, zu vermeiden. Obwohl der Mann am Computer seinen Blick auf den Monitor gerichtet hatte, fühlte sich Schönbohm durch das andere Auge, das ihn weiterhin anstarrte, beobachtet.

»So, Herr, äh, Schönbohm, hier ist ihre Karte.« Er schob die Karte über den Tresen neben die Schale mit der weißen Kunststofforchidee. »Es ist ja noch kein anderer Patient hier, was für einen Montag und die Demographie von Pullstedt ungewöhnlich ist, also gehen Sie doch einfach hier nach links und nehmen Sie im Behandlungszimmer 4 Platz. An der Tür ist eine große 4. Der Herr Doktor ist gleich bei Ihnen.« Er wandte sich wieder dem Bildschirm des Computers zu und sein schielendes Auge starrte Schönbohm finster an. Ihm lief ein Schauer über den Rücken. Schnell machte er sich auf den Weg in das Behandlungszimmer.

Dort angekommen, setzte er sich auf die Liege und betrachtete die medizinische Fachliteratur im Regal hinter dem Schreibtisch. Der Raum war in einem merkwürdigen Grünton gestrichen. Während die Farbe normalerweise lebendig und hell war, schien dieses Grün tot zu sein. Als hätte jemand graue Farbe in den Farbeimer gekippt. Die Tür öffnete sich und der Mann von der Anmeldung stand vor ihm.

»Schönen guten Morgen, ich bin Dr. Bremer.« Er schüttelte ihm die Hand als hätten sie sich noch nicht gesehen.

Schönbohm schloss den Mund als er bemerkte, dass ihm dieser offen stand. Er stammelte ein wenig und konnte nicht aufhören, auf Dr. Bremers krummen Beine zu starren. Dicke blaue Krampfadern überzogen die Unterschenkel, deren Haut sich schon langsam der Schwerkraft beugte. Schönbohm war froh, dass er einen langen Arztkittel trug. Bremer bemerkte seinen Blick. »Ich weiß, was Sie denken. Sie denken, wie kann jemand nur so extrem O-Beine haben. Ich habe immer gesagt, wenn mich jemand sucht, dann muss er nur nach dem Mann Ausschau halten, der so aussieht als würde er Hühner einreiten.«

»Äh, nein, ich, Ihre O-Beine sind mir gar nicht aufgefallen«, stotterte der Polizist.

»Ach so, jetzt verstehe ich. Keine Sorge«, lachte der Arzt und es klang wie das »Ho Ho Ho« des Weihnachtsmanns, »ich bin vollkommen professionell am Arbeitsplatz. Selbstverständlich trage ich einen Lendenschurz aus Respekt vor meinen Patienten.« Er machte Anstalten, den Kittel zu lüften und Schönbohm verzog das Gesicht.

»Nein, nein, Herr Dr. Bremer, ich glaube Ihnen, Sie müssen es mir nicht zeigen!«

Der Arzt hielt inne und wirkte ein bisschen enttäuscht. »Oh, na gut.« Er räusperte sich und Schönbohm sah, dass er klassischerweise Strümpfe zu braunen Sandalen trug. Seltsame Freikörperkultur, dachte er. Aber er wollte sich nicht beschweren und war dankbar über jedes bisschen Kleidung, die den Körper des Arztes bedeckte.

»Was haben wir denn hier? Äh, Gänsebiss?«

»Ja, immer noch.« Gequält lächelte Schönbohm.

Dr. Bremer wandte sich ein wenig ab und begutachtete Schönbohm nun mit dem anderen Auge. Schönbohm fühlte sich unbehaglich. »Die Gans hat Sie aber ganz schön erwischt. Gans schön, ho ho ho.«

Marco Schönbohm gab einen zustimmenden Laut von sich.

»Haben Sie Diabetes oder nehmen Sie Immunsuppressiva?«

»Nein.«

»Gut, dann werde ich das jetzt mal mit Kochsalzlösung spülen und dann werden wir das nähen. Grundsätzlich klebe ich ja lieber, aber da gab es vor Kurzem Ärger. Ich bin ein humorvoller Typ, ich mache gerne Spaß mit Patienten, Lachen ist wie Medizin. Und ich habe ein Etikett von Bastelkleber auf den medizinischer Wundkleber geklebt. Aber manche Leute verstehen keinen Spaß und beschweren sich sofort bei der Ärztekammer. Achtung, ich spritze jetzt in ihr Gesicht.« Ein Schwall Kochsalzlösung ergoss sich in Schönbohms Gesicht und Dr. Weber tupfte es vorsichtig trocken. Dann öffnete er eine sterile Tüte und entnahm Nadel und Faden.

»Könnten Sie mir behilflich sein? Ich muss mich hier ein bisschen konzentrieren und fokussieren. Könnten Sie mir das eine Auge zu halten?«

Weber und Schönbohm betraten die Dienststelle. Weber war fröhlich wie immer und Schönbohm vergrätzt wie immer.

»Seien Sie froh, Cheffe, als ich mal genäht werden musste, hat er sich einen Mundschutz über das Auge gebunden. Dabei kriegt man im Sanitätshaus doch eine Augenklappe schon für 5 Euro. Und statt es örtlich zu betäuben, hat er mir eine geknallt. Die Stelle war so taub, ich habe da drei Tage kein Gefühl gehabt.«

»Mein Gott, man denkt immer, wenn man aus der Stadt kommt, hat man alles gesehen. Ist der Zahnarzt hier zufällig Quasimodo?«

»Das nicht, aber der hat so...«, Frau Rautmann hatte sich auf dem Stuhl zu ihnen umgedrehte und gestikulierte wild und deutete immer wieder auf die Halsregion.

»Ich will's gar nicht wissen, Frau Rautmann.« Schönbohm mühte sich ab, das Pflaster von seinem Gesicht zu entfernen. Die Flecken auf der Stirn und um das Auge herum, wo die Gans auf ihn eingehackt hatte, waren teilweise verblasst, teilweise dunkelrot.

»Und die Frage nach der Pflegerin verlief auch wieder erfolglos. Er sagte, dass er Jänner nicht mehr gesehen hatte, nachdem er aus dem Krankenhaus kam. Bremer hatte dann einfach angenommen, dass ein anderer Arzt Hausbesuche machte als er ihn nicht mehr gesehen hatte. Andererseits war Jänner vor dem Schlaganfall immer gesund und äußerst selten beim Arzt gewesen, sodass er sich nicht wirklich Gedanken darüber gemacht hatte.«

Er gab ein jammerndes Geräusch von sich als er an dem Klebeband zog.

»Das müssen Sie schnell abziehen, das weiß doch jedes Kind. Stimmt's Weber?«

Weber nickte der Rautmann zu. »Ja, mit Schmackes. Ratsch und ab.«

»Ratsch und ab, ratsch und ab. Ratsch und ab, am Arsch, das tut weh.«

»Was haben Sie denn da eigentlich auf der Schulter? Das sieht seltsam aus.« Barbara Rautmann stand auf und näherte sich mit skeptischem Blick auf Schönbohms Schulter, der den Hals verdrehte, um einen Blick darauf zu werfen.

Weber wechselte den Standort, um ebenfalls nachzusehen, was sich auf der Schulter seines Chefs befand.

»Was ist da?« Schönbohm klang ärgerlich, was bei dem bisherigen Verlauf seines Tages kein Wunder war.

Resolut und mit dem Vorteil des Überraschungseffekts riss die Rautmann das Pflaster aus Schönbohms Gesicht. Dieser hatte den Mund für einen tonlosen Schrei geöffnet und holte tief Luft, dann blickte er in zwei ausdruckslose Gesichter. Barbara Rautmann drückte ihm das Pflaster wieder auf den Nasenflügel.

»Vielleicht ist es doch besser, wenn Sie das wieder drauf machen.«

»Ja, ja«, nickte Weber nachdrücklich, »das ist wirklich viel besser.« Er legte eine große Hand über seinen Mund.

Schönbohm konnte nicht ganz deuten, ob die beiden über ihn lachten, oder ob sie es ernst meinten. Vor allem wusste er nicht, was überhaupt mit ihm los war. Er stand auf und marschierte schnurstracks ins Badezimmer und blickte in den Spiegel. Ein derber Fluch entwich ihm als er sah, dass Dr. Bremer die Fadenenden nicht anständig gekürzt hatte.

»Ich habe verdammte Schnurrhaare«, flüsterte er, dann lief er aus dem Bad. »Ich brauche eine Schere!«

Frau Rautmann telefonierte und winkte Schönbohm heran. »Ja, Dr. Bremer, ich verbinde Sie.« Sie kicherte bei dem Wortspiel und hielt die Hand über die Sprechmuschel. »Ich dachte, ich rufe beim Arzt an und frage, ob wir das selbst abschneiden können.« Sie hielt ihm den Telefonhörer entgegen.

»Dr. Bremer? Hallo! Warum haben sie mir Schnurrhaare verpasst? Ich werde die Enden einfach kürzen, ja?« Er lauschte am Hörer. »Warum geht das nicht?« Angespannt ballte er die freie Hand zur Faust und schloss die Augen. »Ich habe verstanden. Danke. Auf Wiederhören.«

»Pullstedter Pussycat Police Dolls?!« Weber lachte.

»Er sagt, wenn ich die Fadenenden kürze, besteht aufgrund der Beanspruchung der Stelle die Möglichkeit, dass sich die Naht löst.«

»Wieso Beanspruchung? Sie sind doch kein Karnickel, das den ganzen Tag mit der Nase wackelt!« Frau Rautmann hatte verärgert die Stirn krausgezogen.

»Keine Ahnung.« In Schönbohms Stimme schwang Frustration und wieder hatte er die Nase voll von

Pullstedt. Sein Leben war keine Achterbahnfahrt, sondern ein freier Fall seit er hierhergekommen war.

»Oh, ich habe es ganz vergessen«, Frau Rautmann schlug sich die flache Hand vor die Stirn. »Es gab einen Anruf aus dem Rathaus.«

»Ich hoffe, Sie haben Frau Sonnemann gesagt, dass sie hier nicht mehr anrufen soll, wir geben ihr keine Informationen.«

»Nein, aber der Landkreis hat gesagt, es soll geblitzt werden. Ortseingang von Buddelsbüttel kommend.«

»Och nö«, klagte Weber. »Da friert man doch die ganze Zeit.«

»Ich werde bestimmt nicht mit dem Fahrrad mehrere Stunden an der Pullstedter Landstraße stehen und auf Verkehrssünder warten. Wer soll denn hier zu schnell fahren? Der Weber auf dem Rad, wenn ihm die Gänse-Gang wieder auflauert? Oder der alte Opa ums Eck mit dem Rollator?«

Mit unschuldiger Miene zuckte die Rautmann die Achseln. »Ich soll es nur ausrichten.«

»Ich krieg wieder eine Lungenentzündung.« Webers Tonfall war maulig.

»Wieso gibt es hier eigentlich kein Dienstfahrzeug?«

»Weil Pullstedt auf der Prioritätenliste nicht ganz oben steht. Wir warten darauf, dass das neue Fahrzeug genehmigt wird bzw. die Versicherung zahlt.« Weber sah betroffen zu Boden und die Rautmann schlug die Hand vor den Mund: »Ach ja, die Sache mit dem Gaul.«

»Nein, ich will es nicht wissen!« rief Schönbohm laut. »Behalten Sie Ihren Pullstedter Wahnsinn und die Andeutungen von Wahnsinn bitte für sich! Sie kommen mit, Weber, wir nehmen meinen

Privatwagen. Und Sie, Frau Rautmann, haben ja offenbar eh nichts zu tun und warten hier.«

I I ✦

Seit Stunden saßen Schönbohm und Weber im Auto und warteten vergeblich auf Verkehrssünder. Mehrere Trecker befuhren die Landstraße innerhalb der vorgeschriebenen Geschwindigkeit. Das, was einer Blitzgelegenheit verdächtig nahekam, war ein Fahrradfahrer. Weber hatte beinahe alle Snacks, die er vorher noch schnell am Kiosk der Kneipe gekauft hatte, aufgegessen.

»Wissen Sie«, begann Schönbohm, dessen Nase leuchtend rot und angeschwollen war, »ich habe den Verdacht, dass es in jeder Ortschaft Deutschlands einen Elektroinstallateur mit Namen Warnecke gibt.« Er deutete auf den vorbeifahrenden Sprinter mit dem Firmenaufdruck.

»Richtig, wir haben sogar zwei. Einmal Pümpel-Warnecke, der macht Gas, Wasser, Scheiße, sorry, ich meine Sanitär, und das war Elektroschock-Warnecke. Der macht Elektro.«

Schönbohm hatte sich bereits damit arrangiert, dass es auf dem Land offenbar zu einfach war, Personen gleichen Nachnamens anhand der Vornahmen auseinanderzuhalten.

»Warum haben die ihren Betrieb nicht zusammen eröffnet?«

»Keine Ahnung.« Weber warf sich zwei Erdnüsse in den Mund.

Ein roter Milan drehte gemächlich über einem Feld seine Runden auf der Suche nach Nahrung.

»Im Auto gefällt mir die Arbeit ganz gut. Wenn man aber auf dem Fahrrad sitzt, ist das Käse.«

»Wieso müssen wir das überhaupt so altmodisch machen?«

»Das ist Pullstedt, Cheffe. Die Uhren laufen hier langsamer. Für Manche ist das Hi-Tech.« Er öffnete eine Flasche und zischend entwich die Kohlensäure.

Schönbohm konnte in der Ferne ein Fahrzeug sehen, leuchtend rot.

»Und wie ist das so, wenn man mit so vielen Schwestern aufwächst?« begann Schönbohm eine Konversation.

Weber schraubte seine Flasche zu, nachdem er einige Schluckte getrunken hatte.

»Ach, das ist wie eine chemische Kastration. In einem Haus voller Tampons und Blümchenmustern kann sich Testosteron nicht richtig entfalten. Aber man hat immer gutes Essen, warme Strümpfe und man wird Frauenversteher.«

»Das hat doch auch Vorteile.«

Weber nickte versonnen.

Zwei alte Mofas kamen aus Pullstedt gefahren.

»Das ist einschläfernder als Schäfchen zählen.« Schönbohm gähnte. »Und es gibt auch mehr Schafe in Pullstedt als Personen, die nach Pullstedt fahren wollen.«

»Dabei hat Pullstedt so viel zu bieten. Hier gibt es außerhalb noch ein altes Schloss und tolle Wandermöglichkeiten, Radfahrstrecken. Teiche zum Angeln.«

»Aber wollten Sie nie raus aus Pullstedt? In die Stadt?«

»Ich dachte früher, die Stadt wäre es, aber wenn man durch und durch ein Dorfkind ist, gibt es nichts Besseres für einen, wissen Sie? Im Sommer wenn die Luft warm und trocken ist und der Staub von der Ernte in der Luft liegt und Sie noch spät abends die Mähdrescher draußen auf dem Feld dröhnen hören... Das ist etwas, das brauchen Sie dann als Dorfkind jeden Sommer. Sonst ist es kein Sommer. Das ist für mich Heimat. Und natürlich sind hier alle komplett durchgeknallt und so exzentrisch wie man es selten erlebt. Aber genau so sind die Leute in der Stadt auch. Nur wissen Sie es nicht, weil sie anonym sind. So sehr wie mich hier manchmal alle nerven, ich will nicht in einer steril-anonymen Stadt leben. Ich will diesen Wahnsinn. Nicht immer will ich ihn so extrem, aber es gibt keine Alternative.«

Schönbohm nickte und dachte über Webers Worte nach. Er hatte recht, aber es fiel Schönbohm schwer, sich umzugewöhnen. Er hatte einen regelrechten Kulturschock.

»Steht der eigentlich auf der Straße?« Er lehnte sich nach vorne, um das Auto in der Ferne besser zu sehen.

»Das ist der Rosenstein mit seinem Suzuki. Der fährt immer so.«

»Aber er könnte auch eine Panne haben. Schauen wir einfach mal nach. Hier wird doch eh keiner mehr vorbeikommen.«

Nach mehreren hundert Metern stoppte Schönbohm seinen Wagen am Straßenrand. Der rote Suzuki hatte tatsächlich keine Panne, wie es Weber vermutet hatte. Der Fahrer fuhr nur nicht sonderlich schnell. Zu Fuß gingen sie dem Fahrzeug entgegen und signalisierten dem Fahrer zu stoppen.

Dieser hielt an und ließ die Scheibe runter. Bis auf den Fahrersitz war das gesamte Auto voll: Ein Rasenmäher, eine Bohrmaschine, Eimer, Decken, absolut alles. Auf dem Armaturenbrett lagen Briefe, Lebensmittelverpackungen, ein Fernglas und eine geöffnete Packung Frikadellen aus dem Supermarkt.

»Schönen guten Tag, wir hatten den Eindruck, Sie würden Hilfe mit Ihrem Fahrzeug benötigen.«

Der übergewichtige Mann auf dem Fahrersitz schüttelte den Kopf und die zu langen, fettigen Haare flogen ihm in die Augen. »Gänsebiss?«

Schönbohm bejahte verlegen.

»Wissen Sie, ich fahre nur umsichtig und vorausschauend. Ich mag Raserei nicht.« Seine Aussprache war ein wenig verwaschen.

»Könnten Sie mir bitte Ihren Führerschein und die Fahrzeugpapiere zeigen?«

Mit lautem Schnaufen mühte sich der Mann ab, das Handschuhfach zu erreichen. Er löste den Anschnallgurt, kam jedoch trotzdem nicht so weit nach vorne. »Ich brauche eine kleine Pause.«

»Ist in dem Handschuhfach etwas Spitzes, Scharfes oder etwas, womit ich mich verletzen könnte?«

Der Mann verneinte und Schönbohm ging um das Auto zur Beifahrerseite, öffnete erst die Autotür und dann das Handschuhfach. CDs und noch mehr Briefe befanden sich darin, obenauf eine Geldbörse. Schönbohm ergriff sie und reichte sie dem Mann.

»Haben Sie Schnurrhaare?« Er lachte und das Geräusch ähnelte einem Nchrchrchr.

Es dauerte einen Moment bis er die Papiere in dem Portemonnaie gefunden hatte und dann hielt er sie mit zitternden Händen Schönbohm entgegen.

169

Er sah sich die Dokumente an. »Haben Sie Drogen oder Alkohol konsumiert, Herr, äh, Rosenstein?«

»Na ja«, der Mann lachte wieder »natürlich. Ich nehme diese hier.« Er schnaufte wieder als er sich in die Jackentasche griff und einen Blister Tabletten hervorholte. Schönbohm fragte sich, wie dieser massige Mann in dem kleinen, vollgemüllten Auto keine Panikanfälle bekam.

»Was ist das?« Schönbohm nahm den Blister an sich.

»Das ist Valium.«

»Sie dürfen keine Fahrzeuge führen, wenn Sie Valium einnehmen.«

»Aber ich muss!«

»Was bringt Sie zu der Annahme, dass Sie müssen, Herr Rosenstein?«

»Ist Ihnen klar, mit wem ich verheiratet bin? Berta Rehstock-Rosenstein ist Ihnen kein Begriff?«

»Oh.« Schönbohm klang betroffen.

»Was denken Sie, weshalb ich Valium nehme? Diese Frau macht mich verrückt. Und dann gibt es Tage wie heute, da ist es so schlimm, ich muss wegfahren. Sonst bringe ich die Frau um!«

Schönbohm konnte es sich nur zu gut vorstellen, wie schwierig ein Leben mit dieser Frau sein musste. Aber Mitgefühl durfte seine Arbeit nicht beeinflussen.

»Haben Sie ein Rezept für die Tabletten?«

Er lachte wieder. »Ja und nein.«

»Was heißt das genau?«

»Ich habe ein Rezept von Dr. Bremer und ich bekomme zusätzlich Tablette vom fetten Elvis.«

»Wer ist der fette Elvis?« Hilfesuchend blickte er zu Weber, der in der Nähe stand.

»Das ist Maic Lohmann. Er ist Elvis Imitator. Die fette Phase, wenn Sie verstehen...«

»Das wird natürlich Konsequenzen haben, Herr Rosenstein. Statt mit dem Auto wegzufahren, sollten Sie spazieren gehen und -« Ein alter röhrender VW-Bus fuhr mit hoher Geschwindigkeit an Ihnen vorbei, was jedoch alle Alarmglocken schrillen ließ, war Lüdermann, der mit seinem Fahrrad hinten dranhing.

»Ihr Pissfische! Yeeeehaaaaaaw!« brüllte er und reckte eine Faust in die Luft.

»Wir sind noch nicht fertig, Herr Rosenstein, wir werden diese Thematik noch einmal erörtern. Jetzt fahren Sie bitte vorsichtig und langsam, aber nicht so langsam, nach Hause!«

Er lief über die Straße zu seinem Auto. »Kommen Sie, Weber, schnell!«

Als Weber im Wagen saß, startete Schönbohm den Motor, allerdings brauchte er mehrere Versuche, um das Auto auf der schmalen Straße zu wenden und dann war da noch der Rosenstein mit seinem Suzuki, der den Rat, er solle langsam, aber nicht so langsam fahren, ernst genommen hatte und während des Wendemanövers an ihnen vorbeigefahren war und sich jetzt vor ihnen auf der Straße in Richtung Pullstedt befand.

»Kann der nicht rechts fahren?« Schönbohms Tonfall war durch und durch genervt. Ewald Rosenstein fuhr mit seinem Suzuki in der Mitte der ohnehin sehr knapp bemessenen Landstraße und überraschte öfter mit Schwenkern auf die linke Seite. »Ich kann nicht überholen!«

»Nein, das lassen Sie auch besser. Der Grünstreifen ist zu schmal.«

Schönbohm machte Lichthupe, doch der Rosenstein reagierte nicht und von vorne näherte sich ein Trecker während sich der VW-Bus mit Lüdermann als lebendem Anhänger weiter entfernte.

»Scheiße, jetzt oder nie!« Schönbohm trat aufs Gas und Weber griff an die Halterung, um sich festzuhalten. Die Reifen drehten auf der nassen und matschigen Straße durch, fanden dann endlich Halt und das Auto schoss nach vorne. Was Schönbohm jedoch nicht voraussehen konnte, war, dass der Grünstreifen schmaler war als es den Anschein hatte. Während Weber mit lautem Johlen vor seinem geistigen Auge sah, wie das Auto seines Chefs wie in einem Actionfilm durch die Luft flog, war die Realität weitaus ernüchternder:

Unspektakulär rutschte das Auto vorwärts in den Graben. Das hohe Gestrüpp auf dem Grünstreifen wuchs tatsächlich aus dem Graben und vermittelte lediglich den Anschein für genügend Platz für ein Überholmanöver.

»Mann, Cheffe, ich habe doch gesagt, der Grünstreifen ist zu schmal!« Weber, der in die kalte Realität des verregneten Pullstedter Montags zurückgekehrt war, klang vorwurfsvoll.

»Das konnte ich nicht sehen.«

»Das mussten Sie doch auch nicht sehen. Ich habe es Ihnen gesagt!« Er verschränkte die Arme vor der Brust und blickte beleidigt aus dem Beifahrerfenster.

Tuckernd hielt der alte Traktor neben ihnen an. Schorsch Schladerbusch stieg ab und rutschte zu ihnen in den Graben. »Ah, der Junge vom Dosenmacher«, sagte er und putzte sich ungerührt die Nase während Lasse das Fenster runterließ.

»Ich kann euch rausziehen. Was seid ihr für Idioten. Du weißt doch, wie schmal der Grünstreifen ist, Junge!«

Weber sah seinen Chef an. »Das habe ich ihm auch gesagt.«

»Ja, die aus der Stadt wissen immer alles besser.«

II ✦

Problemlos konnte Schorsch Schladerbusch Schönbohms Auto aus dem Graben ziehen. Den Kühler hatte es ein bisschen mitgenommen, aber nichts, was nicht repariert werden konnte.

»Vielen Dank für Ihre Hilfe, Herr Schladerbusch!« Schönbohm, der ihm wirklich dankbar war, schüttelte ihm die Hand.

»Eh«, schnaufte der alte Bauer nur.

»Darf ich Sie etwas fragen?«

»Nein.«

»Okay, ich frage trotzdem. Sie waren auf der Beerdigung von Fritz Jänner. Es waren nicht viele Leute dort. Hatten Sie irgendeine besondere Beziehung zu ihm? Waren Sie befreundet?«

Schladerbusch schüttelte den Kopf. »Nein, ich war nur neugierig.«

»Warum waren Sie neugierig?«

Der Mann spuckte aus. »Mein Vater hat immer gesagt, von den Jänners soll ich mich fernhalten. Mit denen stimmt etwas nicht. Das habe ich mein ganzes Leben so gehalten. Diese Geschichten haben mir als Junge Angst gemacht. Und irgendwann bleibt man denen automatisch fern. Dabei hat mir von den Jänners niemals einer was getan. Niemals nicht!«

Weber und Schönbohm sahen sich an. »Was denn für Geschichten?«

»Es gab immer Geschichten, dass man dort Schreie gehört hat. Babyschreie. Dabei hatten die Jänners den Fritz noch gar nicht. Die Jänners sagten, das wären nur die Kälber. Vielleicht war es so. Was weiß ich?! Und die wurden dann eigentümlich. Jetzt in meinem Alter denke ich eher, dass die keine Lust auf neugierige Nachbarn hatten und je mehr die Leute fragten und ihnen nicht glaubten, desto mehr haben sich die Jänners zurückgezogen. Aber als Kind hat man natürlich eine wilde Fantasie. Und dann gab es noch die Geschichte mit dem Mädchen.« Er schob die Hände in die Hosentaschen und zuckte die Achseln. »Wollen Sie das auch hören?«

»Ja, unbedingt, Herr Schladerbusch.«

Der Bauer blickte über die diesigen Felder. Ein paar Krähen sprangen über die Erdschollen des Feldes gegenüber.

»Ich weiß nicht mehr, ob es zum Kriegsende hin war oder danach oder ob es mein Großvater gesehen hatte oder mein Vater. Aber einer von ihnen hatte gesehen, wie der alte Jänner, der Vater von Fritz, ein Mädchen über die Straße geprügelt hat wie einen Hund. Wenn sie gefallen ist, hat er sie an den Haaren gezerrt. Geschrien hat die wie am Spieß. Das Mädchen kannte er nicht. Nie gesehen. Als er den Jänner beruhigen wollte, ist er ihm gegenüber sofort aggressiv geworden und hat ihn bedroht. Also hat er sich rausgehalten. Er hatte natürlich mit niemandem gesprochen, aber andere haben es hinter den Fenstern wohl auch gesehen, denn plötzlich hatten die einen neuen Ruf weg. Von normalen Leuten zu Eigenbrötlern zu gewalttätigen Kinderdieben.«

»Kinderdieben?«

»Wissen Sie, jetzt denke ich, dass es nach Kriegsende war. Ich habe lange nicht mehr daran gedacht, aber langsam fällt es mir wieder ein. Ja, nach Kriegsende. Die Leute hatten ja alle nicht mehr viel. Die Jänners auch nicht. Aber der Unterschied war, dass die Frau Jänner immer ein bisschen mehr rausgeputzt war als die anderen Frauen. Aber nicht, weil sie mehr hatten. Der Jänner machte die meiste harte Arbeit selbst während andere Frauen auf den Höfen halfen. Die Frau Jänner musste das nicht. Ich habe die nie draußen etwas machen sehen. Das habe ich mir später so gedacht als die beiden tot waren. Aber irgendwann hat irgendwer vom Fritz gehört, die Mutter hätte lange Zeit Krebs gehabt. Darmkrebs oder so. Daher war die wohl auch immer so extrem schlank. Ich weiß es nicht, ich bin kein Doktor. Vielleicht kennen sie das. Man sieht jemanden, ich habe den Fritz im Laden getroffen, und dann kommen diese Erinnerungen und man reflektiert ein bisschen. Der alte Jänner hat sich krumm gebuckelt, der sah zwanzig Jahre älter aus und seine Frau zehn Jahre jünger, weil der alles für sie gemacht hat. Und die Frau hat Wert daraufgelegt, dass sie alle ordentlich gekleidet in die Kirche gingen. Daran erinnere ich mich auch noch. Ich war immer mächtig beeindruckt. Beide trugen immer einen Hut und der Fritz, der war älter als ich, der hatte immer so'ne Mütze auf. Meine Oma hatte ständig gesagt, ich soll die nicht anstarren, weil mir die alte Jänner-Hexe sonst mit der Hutnadel die Augen aussticht. Ich habe mir vor Angst fast in die Hosen geschissen.« Er lachte. »Und weil die einfach nur immer sehr ordentlich gekleidet waren, nicht besser, nur ordentlich, hieß es dann, die würden den Juden nach dem Krieg Kinder verkaufen. Fremde Kinder klauen und denen als die eigenen verkaufen, obwohl die ja tot waren. Das hätte in dieser Logik auch die Angelegenheit mit dem Mädchen erklärt. Und deshalb, also wegen dieses Kinderhandels hätten sie so viel Geld und das ist der Grund, warum die Jänner nicht auf dem Hof helfen musste.« Er lachte humorlos. »Das war natürlich alles Quatsch. Jetzt glaube ich die Geschichte mit dem Krebs. Ich denke, die wurden hier einfach nur rund gemacht. Und ich habe mich ein bisschen für das Verhalten geschämt. Daher bin ich zur Beerdigung gegangen, verstehen Sie?«

»Ja, ja, ich verstehe.« Sie schwiegen einen Moment. »Wissen Sie, ob der Jänner jemals von jemandem nach dem Mädchen gefragt wurde?«

Schladerbusch schüttelte schnell den Kopf. »Nein, nein, nein, das kann ich mir nicht vorstellen.«

»Haben Sie die Pflegerin von Fritz Jänner gesehen? Wissen Sie etwas darüber?«

Er holte tief Luft. »Nein, niemals. Ich wusste nicht einmal, dass er eine Pflegerin hatte. Es war einfach nur ruhig dort.«

»Für mich ist es so seltsam, dass in diesem Dorf irgendwie jeder etwas über jeden weiß, insbesondere die Frau Rehstock-Rosenstein, aber niemand weiß etwas über diese ominöse Pflegerin.«

»Das muss man sich mal vorstellen. Ist das ein Gänsebiss?«

Weber räusperte sich. »Haben Sie etwas Auffälliges bei der Beerdigung bemerkt?«

Schönbohm und Schladerbusch sahen den jungen Mann überrascht an.

»Es war eine gewöhnliche Beerdigung. Eine gehobene Rede, ein bisschen Tränen, man geht. Ich frage mich nur, ob die Starke den Jänner auch wirklich beerdigt hat. Oder wo und mit wem.«

»Wer hat geweint?«

»Das Frauenvolk. Ich weiß es nicht mehr genau. Viele waren nicht da.«

»Herr Schladerbusch, ich bedanke mich ganz herzlich bei Ihnen, nicht nur für die Rettung, sondern auch für die ganzen Informationen. Wenn Ihnen noch etwas einfällt, rufen Sie mich bitte an, ja?« Er gab ihm eine Visitenkarte.

»Fahren Sie vorsichtig, Herr Kommissar. Und... schöne Schnurrhaare!«

ZEHN

Schönbohm saß übellaunig im Büro. Wieder hatte er nicht schlafen können, weil der unnütze Bewegungsmelder im Garten der Rehstock-Rosenstein ihn wachgehalten hatte. Und der Nachmittag zog sich wie Kaugummi in der Sonne.

»Wieso gehen Sie nicht noch ein bisschen schlafen, Chef? Ich halte hier die Stellung und passe auf, dass Frau Rautmann nicht wieder Filme runterlädt.«

Schönbohm scrollte mürrisch durch sein E-Mail-Postfach. Die Reparaturkosten für sein Auto würden nicht von der Polizei übernommen werden. Des Weiteren gab es den Zusatz »Und dies ist ein weiterer Grund, weshalb nach dem Ereignis mit dem Kollegen Dietmar (Polizeipferd a.D.) kein Dienstfahrzeug für die Dienststelle Pullstedt mehr vorgesehen ist.«

Den Journalisten der Lokalzeitung war das Malheur mit dem Auto ebenfalls nicht entgangen.

»Dümmer als die Polizei erlaubt – Kann die Pullstedter Polizei geradeaus fahren?«

Regelmäßig standen morgens vor der Wache ausrangierte Bobby-Cars, Kinderräder mit Stützrädern, sogar ein Rollator.

Schönbohm war einiges aus der Stadt gewöhnt, aber diese Art der Pullstedter war ein ganz anderes Niveau. Weber hatte behauptet, das wäre alles ein harmloser Spaß, aber er hatte es ein wenig persönlich genommen. Den VW-Bus hatten sie nicht mehr finden können und wo sich der Lüdermann aufhielt, war ohnehin immer ein Rätsel, auch für seine Mutter.

Vormittags hatten sie nicht nur bei Frau Eichmann Halt gemacht, die jedoch weiterhin nicht anzutreffen war, sondern auch beim »fetten Elvis«, bürgerlicher Name Maic Lohmann, einen Besuch abgestattet. Schönbohm war überrascht, dass der Mann eigentlich nur zwei Dinge mit Elvis Presley gemeinsam hatte: Den Körperumfang und die verschwitzte Stirn.

Lohmann hatte freundlich in seinem bis zum Bauch ausgeschnittenem Einteiler mit Schlaghosenbeinen die Tür geöffnet und sein hellblondes Haar hing in einer schmierigen gelockten Tolle wippend vor seiner Stirn. Schönbohm musste eher an einen Anglerfisch als an Elvis denken.

»Ist das ein Gänsebiss?«, fragte er als Erstes und legte den Kopf schief.

Schönbohm ignorierte die Frage und als er nach den Valiumtabletten fragte, verschwand das freundliche Lächeln auf dem Gesicht des Imitators und die Stirnschweißproduktion setzte ein.

»Ich habe die halt«, druckste er rum.

»Woher haben Sie die Tabletten?«

»Na ja, ich habe die eben«, wiederholte er noch einmal und wandte sich wie ein Mehlwurm im Türrahmen.

»Wissen Sie, Sie ersparen sich und mir viel Zeit und Mühe und wenn Sie mit uns kooperieren, kommt Ihnen das eventuell strafmindernd zugute.«

Lohmann dachte einen Moment nach und seine Mimik wechselte mit jeder Sekunde.

»Okay«, sagte er dann. »Ich arbeite in der Rehabilitation. Ich nehme denen, die bei uns Entzug machen, ihre Drogen ab, aber die sind zu schade zum Wegwerfen. Also verkaufe ich die weiter.«

Schönbohm und Weber sahen sich an.

Lohmann war ins Reden gekommen und konnte sich nicht mehr bremsen. »Und weil das so lukrativ auf beiden Seiten ist, weil wir dadurch natürlich auch für neue Patienten sorgen, habe ich angefangen, die Tabletten selbst zu machen. Im Keller.« Er warf sich in Schönbohms Arme und weinte. Die Tatsache, dass ihn ein Kerl nicht nur vollschwitzte, sondern auch vollheulte, hatte wohl auch einen Anteil an seiner schlechten Laune. Des Weiteren war die Sicherung der ganzen Tabletten äußerst zeitraubend. Der Gedanke, dass es im Labor erst in vielen Wochen bearbeitet werden würde, weil Pullstedt »nicht auf der Prioritätenliste« steht, verärgerte ihn zusätzlich. Die Leute hatten ja gar keine Ahnung, wie kriminell dieses Dorf war.

»Was denken Sie über die Geschichte vom Schladerbusch?«

Webers Stimme riss Schönbohm aus seinen Gedanken.

»Keine Ahnung, vielleicht ist es so wie er sagte: Die Leute haben sich einfach nur abgesondert, weil die Anderen sie nicht in Ruhe gelassen haben. Würde mich jedenfalls nicht wundern. Sie?«

»Hm, nein, aber irgendwie lässt mich die Sache nicht in Ruhe. Wir müssen warten, bis wir jemanden für die Tagebücher haben.«

»Ja, das ist richtig.« Schönbohm öffnete die oberste Schublade seines Schreibtisches und holte die Notiz hervor, die sie am Tatort der Immobilienmaklerin gefunden hatten.

Mehrere Sekunden starrte er konzentriert darauf, aber er konnte es nicht entziffern. Frau Rautmann, die eilig die Dienststelle betrat, unterbrach seine Konzentration.

»Mensch, Frau Rautmann, Sie sind ja ein richtiger kleiner Wirbelwind heute!« Weber lachte sein jungenhaftes Lachen.

Schönbohm drehte sich zu ihr um und ihre schnelle Art zu gehen, amüsierte ihn. »Sollten Sie es etwa eilig haben, zur Arbeit zu kommen?« Er legte den Zettel auf den Schreibtisch. Die Enttäuschung, dass darauf keine Fingerabdrücke gefunden werden konnten, saß noch immer tief.

Barbara Rautmann lachte humorlos. »Wir wissen doch alle, dass ich nicht arbeite.«

Und in der Tat konnte sich Schönbohm an keinen einzigen Tag erinnern, an dem Frau Rautmann Schreibarbeiten gemacht hatte. Sie hatte gekocht, sie hatte Filme geguckt, sie hatte gegessen, aber niemals etwas getippt.

»Aber warum haben Sie es so eilig?«

Ihr Gesicht erhellte sich. »Ich habe meinen Lieblingsjungs etwas mitgebracht. Wartet!« So schnell wie ihre Gummiclogs sie tragen konnten, eilte sie hinaus und kam mit zwei Taschen zurück. »Böööööörek!«

Weber, der ständig essen konnte und wollte, strahlte über das ganze Gesicht. »Wow, Frau Rautmann, ich bin so froh, dass sie hier arbeiten! Und auch bei Burak.«

Schönbohm war misstrauisch geworden und schüttelte den Kopf. »Weber, wir haben doch schon festgestellt, dass Frau Rautmann gar nicht hier arbeitet, sondern sich für's Nichtstun vom Staat bezahlen lässt.«

»Korrekt«, stimmte sie freimütig zu.

»Wo haben Sie die denn alle her? Wie viele sind das? Fünfzig Börek?«

Weber hatte sich bereits selbst bedient. Mit vollem Mund fragte er: »Haben Sie heute bei Burak gearbeitet?«

»Frau Rautmann, haben Sie Burak bestohlen?« Vorwurfsvoll sah er seine 450€-Schreibkraft an.

»Nein.«

»Sondern?«

Ihre Augen wanderten hektisch durch den Raum. »Ich wurde ausgeraubt.«

Weber verschluckte sich vor Lachen an seinem Börek.

»Frau Rautmann«, sagte Schönbohm zu seiner eigenen Überraschung sehr geduldig. »Wenn Sie ausgeraubt werden, fehlen Ihnen Gegenstände. Selten haben Sie mehr als vorher.«

»Ich wurde, äh, ich würde mit Börek entschädigt.« Ihre Mimik verriet, dass sie selbst nicht ganz glaubte, was sie von sich gab.

Schönbohm konnte sich ein Grinsen nicht verkneifen. »Welche Räuber haben denn rein zufällig fünfzig Börek bei sich, wenn sie einen Überfall begehen?«

»Türkische!?«

Weber prustete halb gekauten Börek durchs Büro, hustete ein paar Mal und lachte bis ihm die Tränen über das Gesicht liefen.

»Okay, okay, ich gestehe! Ich habe Burak gesagt, die wären alle schlecht und ich entsorge die mal schnell.«

»So wie Sie die Mikrowelle aus dem Pfarrhaus entsorgt haben?«

»Aber Sie haben die Mikrowelle nicht zurückgebracht«, sagte die Rautmann spitzfindig.

»Sie sind eine Gute, Frau Rautmann. Eine gute Kriminelle sozusagen.«

»Bei meiner Flucht habe ich fast die Eichmann um-
gefahren. Die hat vielleicht gezetert.«

Schönbohm, der sich wieder dem Computer zuge-
wandt hatte, horchte auf. »Frau Eichmann ist wieder
in Pullstedt? Sie hat mehrere Nachrichten, dass sie
hierherkommen soll. Ich wollte sie schon auf die Fahn-
dungsliste setzen.«

»Oh, ich habe da ein Foto, falls Sie eins brauchen!«
Barbara Rautmann hatte ihr Smartphone aus der Ta-
sche geholt und scrollte durch die Fotogalerie. »Hier!«
Sie hielt ihm das Telefon ins Gesicht.

»Frau Rautmann, was denken Sie? Das ist ein Kar-
nevalsfoto. Sollen die Kollegen nach einer Frau mit roter Clownsnase suchen? Dafür nehmen wir das hinter-
legte Foto vom Personalausweis.« Er schob ihre Hand
mit dem Telefon energisch weg.

»Aber vielleicht hat sie was zu verheimlichen.«

»Ich kann sie leider nicht verhaften, nur weil sie
suspekt ist. Es gibt keinen hinreichenden Tatverdacht,
dass sie etwas mit den Morden oder dem Brand zu tun
hat.«

»Die Staatsanwältin würde auch noch keinen Haft-
befehl ausstellen für sowas.« Weber schüttelte kauend
den Kopf.

»Dann machen Sie das doch privat. Ich habe das
neulich im Fernsehen gesehen. Sie dürfen jemanden
privat verhaften.«

»Langsam, Frau Rautmann, nicht, dass die Pferde
hier mit Ihnen durchgehen. Dafür muss es Gründe geben, die Person ist auf der Flucht oder so.«

»Mit welchen Schauspielern?« unterbrach Weber,
der sofort schwieg als Schönbohm ihm einen verwar-
nenden Blick zuwarf.

»Ach na ja, für mich ist es ja egal. Ich wollte nur behilflich sein. Jedenfalls muss ich auch schnell wieder los und Burak den Wagen zurückbringen. Den habe ich mir mal kurz geliehen.«

»Ich will es gar nicht hören, ich will in Ihre Machenschaften nicht involviert werden. Der Herr Weber übrigens auch nicht.« Schönbohm schüttelte lachend den Kopf während Frau Rautmann sich aus der Wache entfernte.

Weber hatte recht gehabt, so ungern wie er jemandem, der sich täglich von einer Horde wildgewordener Pommerngänse überfallen ließ, auch recht gab. In manchen Momenten konnte er sich für die exzentrische Frau Rautmann erwärmen.

Das Telefon klingelte und Weber nahm den Anruf entgegen. Schönbohm nippte an seinem Kaffee und wurde hellhörig als sich Webers Tonfall änderte. Er wartete auf das Ende des Gesprächs.

»Sie glauben's nicht, Cheffe«, sagte Weber noch bevor er den Hörer aufgelegt hatte. »Das war der Schladerbusch. Er sagte ihm ist wieder was eingefallen. Wissen Sie noch als er das Frauenvolk und Tränen erwähnte. Als er die Kirche verließ, hat er die Eichmann gesehen. Die saß in der letzten Reihe zur Wand hin. Hätte sie nicht laut geheult, hätte er sie gar nicht bemerkt, weil es da so ein bisschen dunkler ist, sagte er.«

»Das ist ja nicht zu fassen. Rufen Sie mal bitte Ihren Vater an und fragen ihn, ob er das verifizieren kann. Er hatte Frau Eichmann nicht erwähnt.«

»Geht klar.« Weber griff zum Telefon, unterhielt sich kurz und legte nach einigen Minuten auf.

»Er sagt, er habe die Eichmann nicht gesehen, aber meine Eltern hätten sich wohl noch mit dem Pfarrer

unterhalten. Könnte sein, dass sie in der Zeit rausge-
schlichen ist.«

Schönbohm überlegte einen Moment. »Die Bendigs
waren auch dort, richtig? Ich werde dort anrufen. Vielleicht erinnern die sich.« Er suchte die Telefonnummer heraus, wählte und wartete bis sich jemand mel-
dete. Doch er hatte wenig Glück. Helmut Bendig
sagte, er sei bei seiner Frau im Krankenhaus und dürfe
gar nicht telefonieren. Er wäre jedoch schon auf dem
Sprung nach Hause und würde auf dem Weg auf der
Wache vorbeikommen. Schönbohm befürchtete bei
seinem Glück, dass das wieder genau zu Dienstschluss sein würde.

»Lassen Sie mir aber auch noch einen Börek über,
Weber.« Er ging zu ihm hinüber.

»Denken Sie, die Eichmann ist die Pflegerin?«

»Mein Problem ist, dass ich kein Motiv für die
Morde ausmachen kann. Selbst wenn Frau Eichmann
die Pflegerin ist.«

Weber nickte zustimmend. »Ja, geht mir auch so. Irgendwie dreht sich mein ganzer Kopf. Alles ist so verworren an dieser Geschichte.«

»Ja, irgendwie schon. Ich habe schon einige Morde
bearbeitet, aber irgendwie war da alles klar: Motiv o-
der Täter und man hatte eine Spur, die man verfolgen
konnte. Aber hier in diesem kleinen Ort ist es plötzlich
so, dass niemand etwas weiß, obwohl sonst jeder alles
weiß!«

»Oder denkt alles zu wissen«, warf Weber ein.
»Denken Sie«, fragte er während Schönbohm sich ihm
gegenüber auf den Stuhl setzte »dass die Eichmann eigentlich nur hierher kam, weil sie gefasst werden
wollte? Und die Sache mit ihrem Sohn und den Bestattungen als Anlass genommen hat? So auf gut Glück?

Der Lothar hätte ja auch drin sein können in der Kiste.«

»Es könnte sein. Hm.« Schönbohm zupfte an seinem Ohrläppchen. »Wir sollten Frau Eichmann befragen.«

Weber nickte eifrig.

»Aber erst morgen. Gleich ist Feierabend.« Schönbohm sah auf seine Uhr. »Was ist eigentlich das Problem mit Ihnen und Tieren? Ich habe da von der Sache mit dem Diensthund und dem furzenden Pferd gehört.«

Webers Miene verfinsterte sich und seine Stimme klang traurig. »Ich weiß es auch nicht. Als ich klein war, hat mich eine Zigeunerin mit einem zuckenden Auge verflucht.«

Schönbohm hustete ein Lachen weg. »Eine Zigeunerin?«

»Oh«, Weber sah aufrichtig betroffen aus. »Tut mir leid, das darf man nicht mehr sagen, das ist nicht politisch korrekt. Eine Frau mit Sinti oder Roma-Hintergrund, die unter Faszikulation des Auges litt. Schon schwierig, man wächst mit diesen Begriffen auf, die irgendwie abwertend und diskriminierend sind und verwendet die dann, aber meint das gar nicht im negativen Sinne.«

»Schon okay, Weber, ich weiß, was Sie meinen. Ich verrate es keinem. Und die Frau hat Sie verflucht, ja? Warum?«

»Weil meine Oma ihr ins Auge gespuckt hat.«

Schönbohm schloss einen Moment die Augen und atmete tief durch. »Haben Sie jemals den Verdacht gehabt, dass die Frau deshalb ein zuckendes Auge hatte? Weil da Spucke drin war? Und dass es deshalb den Weber'schen Tierfluch gibt?«

Bevor Weber jedoch antworten konnte, wurden sie von Geschrei vor der Wache abgelenkt.

»Was ist denn jetzt schon wieder los?«

»Natürlich wieder vor Dienstende! Ich habe die Schnauze voll, die können sich wann anders an die Gurgel gehen!« Schönbohm zog ärgerlich die Augenbrauen zusammen.

»Ich kann nichts sehen!« jammerte Weber, der aufgestanden und zum Fenster gegangen war und sich dort den Hals verrenkte, um etwas zu sehen.

»Vielleicht sehen Sie mehr, wenn Sie das Licht hier drinnen aus machen. Ist doch schon fast dunkel draußen, Sie sehen doch bestenfalls sich selbst.«

Krachend ging die Tür auf und wie ein Panzer preschte Frau Rautmann ins Büro. Sie hielt eine andere Person in einem Kamelhaarmantel in einem festen Nackengriff und auf dem Kopf der Person befand sich eine Plastiktüte mit Werbung für Buraks Börek Bude.

Weber und Schönbohm sahen sie fassungslos an und waren für den Bruchteil einer Sekunde wie gelähmt.

»Frau Rautmann!« brüllte Schönbohm und Weber hechtete über den Schreibtisch und rannte zu ihr hin, um die andere Person aus dem Griff der Schreibkraft zu befreien. Die Plastiktüte blähte sich auf und zog sich bei jedem Atemzug zusammen.

»Sind Sie von allen guten Geistern verlassen?« Schönbohm schrie mehr als er es wollte und die Rautmann sah deutlich betroffen aus.

»Ich wollte mich nur nützlich machen!«

Weber entfernte die Plastiktüte und der Kopf von Frau Eichmann kam zum Vorschein.

»Haben Sie jetzt auch noch einen Minijob als Kopfgeldjägerin oder haben Sie nur den Verstand verloren?«

Wutentbrannt drehte sich die Eichmann um und schlug mit dem Regenschirm auf die Rautmann ein. »Du fettes Miststück! Bist du noch ganz bei Trost? Ich werde dich hier und jetzt anzeigen! Das ist Entführung!«

Frau Rautmann steckte den ersten Schlag mit dem Regenschirm gut weg, den Zweiten fing sie ab. Sie hielt das andere Ende des Schirms fest und starrte die Eichmann mit leicht zusammengekniffenen Augen und schmalen Lippen an.

»Gehen Sie dazwischen, Weber!«

Weber, der dem Befehl seines Vorgesetzten Folge leistete, erhielt einen Stoß mit dem Schirm und konnte nach einigem Gerangel den Schirm entwenden und sichern.

»Das war keine Entführung. Für dich will ja keiner was zahlen! Das war eine vorläufige Festnahme gemäß § 127 der Strafprozessordnung!«

»Festnahme?« Kleinlaut und geschockt drehte sich die Eichmann zu Schönbohm um. »Warum denn Festnahme?« Tränen stiegen ihr in die Augen.

»Setzen Sie sich doch erst einmal, Frau Eichmann. Möchten Sie einen Kaffee? Tee? Börek? Frau Rautmann macht hervorragenden Tassenkuchen!«

»Ein Taschentuch, bitte!« Ihre Stimme zitterte. Sie ließ es sich jedoch nicht nehmen, Frau Rautmann von der Seite her einen giftigen Blick zuzuwerfen.

Weber reichte ihr eine Schachtel, aus der sie ein Taschentuch zog. Sie tupfte sich schluchzend die Augen trocken. »Was habe ich denn gemacht?«

»Sie hatten übrigens recht, was die Bestattung Ihres Sohnes betrifft. Er war nicht in der Grabstätte. Leider konnten wir Sie bisher nicht erreichen und Sie haben sich auch nicht auf unsere Briefe gemeldet.«

»Und deshalb lassen Sie mich von dieser Zurückgebliebenen entführen? Ich war bei meiner Familie in der Stadt. Ich bin Urgroßmutter geworden« Wieder stiegen Tränen in ihre Augen. Ihre Hände zitterten.

»Ähm, herzlichen Glückwunsch! Und nein, ich wollte Sie nicht verhaften, sondern fragen, wie Sie zu Fritz Jänner standen. Wir haben die glaubwürdige Zeugenaussage, dass Sie bei seiner Beerdigung waren. Und Sie sollen sehr emotional gewesen sein.«

»Natürlich! Beerdigungen sind traurig, nicht?« Nun zitterte Frau Eichmann am ganzen Körper. »Ich bin doch nicht aus Stein!«

»Wir suchen eine Frau, die Pflegerin von Herrn Jänner. Können Sie uns da weiterhelfen?«

Die Schultern der Frau Eichmann zuckten während sie tonlos schluchzte und den Kopf schüttelte. »Nein, ich weiß es nicht. Ich habe keine Ahnung, wer das war. Man durfte Fritz ja nicht mehr besuchen. Niemand hat ihn gesehen nach dem Schlaganfall. Dafür hat diese Frau gesorgt. Warum auch immer.«

»Wie standen Sie zu Herrn Jänner? Waren Sie befreundet? Ich hörte, er hatte nicht viele Freunde.«

»Warum fragen Sie das alles? Wurde er etwa auch ermordet?« Ihre Augen waren rot geweint.

»Wir denken, dass es etwa eigentümlich ist, dass es in diesem Ort eine Pflegerin gibt, die niemand gesehen haben will und dort nicht nur zwei Morde geschehen, sondern auch ein Brand gelegt wird, um Beweise zu vernichten. Finden Sie das nicht seltsam?«

Matt nickte sie und blickte auf ihre im Schoß zusammengelegten Hände. »Wir waren romantisch verbunden, der Fritz und ich. Aber die Familie hatte einen schlechten Ruf, deshalb war es anfangs heimlich. Später habe ich dann geheiratet, wie sich das gehört. Aber Fritz war immer da. Unsere Liebe war immer geheim.« Traurig zuckte sie mit den Achseln und zog wenig damenhaft die Nase hoch. »Dafür können Sie mich nicht verhaften.« Ihr Tonfall war trotzig.

»Ich will Sie auch nicht verhaften.«

Frau Eichmanns Blick wanderte durch den Raum und blieb auf Barbara Rautmann haften. »Ich will, dass die geht!«

Schönbohm nickte und zu seiner Überraschung verschwand Frau Rautmann kommentarlos in der Küche.

Die Eichmann wandte sich wieder Schönbohm zu und ihr Blick fiel auf die Notiz auf seinem Schreibtisch.

»Oh, Sütterlin«, rief sie verzückt. »Das habe ich ja ewig nicht gesehen! Darf ich es kurz ansehen?«

»Normalerweise nicht, weil es ein potenzielles Beweismittel ist, aber wir suchen händeringend nach einer Person, die es lesen kann.« Schönbohm reichte ihr das Papier.

Frau Eichmanns Augen bewegten sich lesend von links nach rechts, von links nach rechts, von links nach rechts. Ihr Lächeln gefror auf dem Gesicht, die Mundwinkel verzogen sich nach unten.

»Mein Gott, was ist das?«

»Wir haben die Notiz im Haus von Fritz Jänner gefunden, in der Nähe der Leiche von Frau Hülsebusch.«

Frau Eichmanns Stimme war voller Ekel und Schmerz. »Das ist abscheulich!« Wieder füllten sich ihre Augen mit Tränen. »Sie legte das Papier wieder auf seinen Schreibtisch und spreizte die Finger ab so als müssten die Worte des Papiers von ihren Fingern tropfen.

»Können Sie uns sagen, was dort steht?«

»Ich will das nicht noch einmal lesen! Mir sitzt der Ekel im Hals, Herr Schönbohm! Es ist unerträglich!«

»Frau Eichmann, ich bitte Sie!«

Mit einem gequälten Blick sah sie ihn ernst an und schüttelte den Kopf. Webers und Schönbohms Blick trafen sich. Mit Fingerspitzen nahm sie vorsichtig das Papier. Sie blinzelte einige Mal als müsste sie sich erst einmal fassen, dann räusperte sie sich und las vor:

»27. Juli 1948

Gestern war ein schrecklicher Tag. Georg hat das Mädchen gefunden. Er hat sie an den Haaren nach Hause gezerrt. Der Schladerbusch kam bei dem Geschrei aus dem Haus, aber Georg fuhr ihn an, er solle sich um seine Angelegenheiten kümmern.

Ich war so wütend, ich hab das Mädchen geschlagen bis meine Arme weh taten, dann hab ich auf sie eingetreten. Das Fritzchen stand nur dabei, hat geguckt und geweint. Das hat mich so verärgert, dass ich ihm auch eine gelangt habe. Ich habe völlig die Kontrolle verloren. Ich hoffe, der liebe Herrgott wird's mir vergeben!

Und dann geschah das Ungeheuerliche! Bei dem Mädchen setzten die Wehen ein! Wir wussten nicht, dass sie ein Kind unter dem Herzen trug! Es war sehr klein, aber es lebte. Es weinte leise und strampelte. Der Georg packte es am Bein und warf es in den Brunnen. Ich kann noch hören wie es aufschrie als es in das kalte Wasser fiel und dann gurgelnd unterging.«

Hinter ihnen war die Tür der Wache aufgegangen und Helmut Bendig stand im Büro, weiß wie eine Wand von dem, was er gehört hatte.

»Entschuldigen Sie, ich wollte nicht stören. Sie hatten gesagt, ich soll vorbeikommen, aber... ich will nicht stören, Sie sind beschäftigt. Ich komme morgen wieder«, stotterte er und hatte es eilig, die Dienststelle zu verlassen.

»Kann ich bitte ein Glas Wasser haben?« Frau Eichmanns Stimme klang kratzig.

Schönbohm ging in die Küche und brachte ihr ein Glas, von dem die alte Dame gierig trank. Sie räusperte sich erneut bevor sie weiterlas:

»Diese Geräusche werde ich nie vergessen! Niemals! Die Karina schrie, aber der Georg schlug sie und riss ihr einen Büschel Haare aus, dass sie blutete und sagte, sie solle froh sein, dass Sommer ist, sonst hätte er es in den Ofen geworfen. Seit gestern hat sie sich nicht mehr gerührt. Vielleicht hat sie eine Sepsis von der Geburt. Mit Glück nimmt sie der liebe Gott zu sich.«

Schönbohm war schwer auf seinen Stuhl gefallen. Er und Weber tauschten erneut Blicke aus.

Nachdem die Eichmann den Brief widerwillig noch einmal für eine Tonaufnahme vorlas, durfte sie die Wache verlassen.

»Das liegt schwer im Magen«, sagte Schönbohm schwermütig.

Weber nickte mit hängendem Kopf. Ihm war der Appetit vergangen.

»Weber, was ist, wenn das nicht irgendeine Pflegerin war, sondern die Schwester vom Jänner? Was ist, wenn sie nicht gestorben ist?«

»Mich würde es nicht wundern, wenn der Vater sie auch in den Brunnen geworfen hat.« Webers Gesicht war eine Grimasse.

»Aber Chef, sie könnte auch einfach nur eine Arbeitskraft gewesen sein.«

»Hm, ja, vielleicht. So tragisch wie es ist, warum bringt sie den Zimmermann und die Hülsebusch um und nicht damals ihre Eltern? Ich verstehe das alles nicht.« Er versteckte sein Gesicht in den Händen. »Mir brummt der Schädel, Weber!«

Der junge Polizist saß mit hängenden Schultern an seinem Schreibtisch. »Können Sie sich das vorstellen, Cheffe? Ich nicht. Mein Gott.« Er sah blass aus. Schönbohm stand auf und ging zu ihm rüber.

»Sie dürfen das nicht zu nah an sich herankommen lassen. Wir können nur unsere Arbeit machen, um zu helfen und das geht nur mit klarem Kopf und Abstand!« Dann drehte er sich um.

»Und Sie, Frau Rautmann, kommen gefälligst sofort hierher!«

Ganz langsam schob sich die Rautmann ins Büro. »Sie können froh sein, dass ich Sie für diese Kidnapping-Festnahme-Situation nicht zwangseinweisen lasse!«

»Aber schauen Sie, was Sie dadurch alles erfahren haben!«

»Und Sie denken allen Ernstes, dass wir nicht auch so ein Gespräch mit Frau Eichmann hätten führen können?! Was wäre hier los gewesen, hätten sich die alte Frau Ihretwegen verletzt oder Sie wäre in der Plastiktüte erstickt! Warum haben Sie das überhaupt gemacht? Die Wache ist ja nun nicht an einem streng geheimen, verbotenen Ort! Was ist da über Sie gekommen? Was?«

Sie blickte verlegen auf ihre Gummiclogs. »Ich weiß auch nicht. Ich habe mich einfach von hinten ange-schlichen und hab ihr die Tüte übergezogen, damit sie mich nicht sieht und nicht abhaut und so.«

»Das Schlimmste ist, dass Sie diese ganze Idee von den Filmen bekommen, die Sie hier illegal gucken und dafür auch noch vom Staat bezahlt werden!«

»Sind Sie fertig mit Ihrer Strafpredigt? Ich fühle mich sowieso schon scheiße genug nach dem, was sie vorgelesen hat.«

»Ja, fertig. Fertig mit allem. Machen wir hier dicht.«

ELF

An diesem Tag saß Weber unausgeschlafen am Schreibtisch.

»Ich hatte Albträume. Ich habe ständig von Babys in Brunnen geträumt.« Er rieb sich die Augen. Sein Ohrläppchen war leuchtend rot und Schönbohm vermutete, dass Weber keine Zeit für Brotreste gehabt und somit eine Begegnung mit den Gänsen hatte.

»Ich auch, Weber, machen Sie sich nichts draus. Manchmal passiert das. Wir sind auch nur Menschen. Wollen Sie wieder nach Hause gehen?«

Energisch schüttelte der junge Mann den Kopf. »Nein. Soweit kommt es noch.«

»Vielleicht heitert es Sie auf, ich habe endlich Essen mitgebracht.«

»Essen?« Der Kopf der Rautmann kam hinter dem Türrahmen hervor. »Ich teste mal, ja?«

»Nur zu, Frau Rautmann, nur zu.«

Die Frau rumorte ein wenig in der Küche herum, dann kam sie ins Büro.

»Was haben Sie eigentlich gegen uns? Hassen Sie uns? Das ist heiße Scheiße! Das ist Müll. Würden Sie diesen Fraß in den Mülleimer werfen, würde der Mülleimer anfangen zu kotzen. Das ist so, als hätte sich Satan in die Hose geschissen und einen Fluch drüber gesprochen.« Angewidert verzog sie ihr Gesicht. »Das ist Müll. Dafür muss man eine

Betonkuppel bauen! Da hofft man gleich, dass ein Meteorit die Erde zerstört!«

Mit hochgezogenen Augenbrauen sah Weber seinen Chef an. »Was haben Sie da nur gekocht?« Er unterdrückte krampfhaft einen Lachanfall.

Schönbohm schüttelte nur den Kopf und wartete, bis die Rautmann mit ihrer Tirade fertig war.

»Ich möchte dieses Gebäude niederbrennen. Das ist absoluter Atommüllscheiß! Das verstößt gegen die Genfer Konventionen! Eigentlich müsste man in die Vergangenheit reisen und ihre Vorfahren töten, damit dieser Müll niemals den Weg in diese Wache findet!«

Schönbohm verschränkte die Arme vor der Brust. »Frau Rautmann, das ist ganz normaler Salat.«

»Aber das ist der schlechteste Salat, den ich je gegessen habe. Der ist so, als hätten Sie jede Biomülldeponie in Norddeutschland abgeklappert und die widerlichsten Reste mitgenommen und Pfeffer draufgekippt.«

Weber lachte und Schönbohm unterbrach sie: »Ich habe Ihren Standpunkt verstanden, Frau Rautmann. Sie können aufhören. Ich beschwere mich doch auch nicht über ihren stinkenden Harzer Käse.«

Entsetzt sogen die Rautmann und Weber die Luft ein.

»Nichts gegen Harzer Käse, Sie Banause!« Barbara Rautmann stemmte entrüstet die Fäuste in die Hüften.

»Wenn Sie hier den Aufstand proben, nur weil hier Salat steht…«

»Sorry, aber ich mag Salat nicht. Ich bin Fleischesser.«

Schönbohm nickte. »Wäre mir spontan gar nicht aufgefallen. Allerdings sind Ihre Tassenkuchen auch nicht gerade Haute Cuisine. Das einzig

Herausragende ist doch das Phänomen, gleichzeitig knochentrocken und klatschnass zu sein.«

An Weber gewandt sagte er: »Damit Sie nicht einschlafen oder sich an meinem Atommüllsalat vergiften, haben wir auch gleich ein bisschen was zu tun, Weber. Ich habe eine E-Mail von Herrn Wu vom Schrottplatz bekommen. Er schrieb, dass ihm Fässer geklaut wurden. Da können wir gleich mal hin.«

»Oh Cheffe, das ist aber ein kleines bisschen weit zu dem raus. Wollen Sie lieber mit dem Auto fahren?«

»Mit meinem Auto will ich lieber nicht fahren. Außerdem hat das Kala heute. Sie hat einen Termin bei der Bank. Sie ist jetzt mit ihrem Businessplan fertig und braucht einen Kredit für die Übernahme von Starke Bestattungen. Ich hoffe nur, sie schafft es bis in die Stadt.«

»Ich radel fix nach Hause und frage, ob ich das Auto von meinen Eltern kriege.«

»Das klingt doch nach einem Plan. Danke, Weber. Ich warte dann nachher draußen vor der Wache.«

Weber verschwand und die Rautmann verabschiedete sich, weil sie zu einem ihrer anderen Minijobs antreten musste. Schönbohm genoss einen Augenblick die Ruhe und trank seinen Kaffee. Als das Telefon klingelte und er die Telefonnummer des Bürgermeisters sah, entschied er, dass er die Dienststelle offiziell schon verlassen hatte und ging hinaus auf die Straßen. Langsam spazierte er in die Richtung des Weber'schen Elternhauses. Ein paar Hühner liefen gackernd über die Straße und scharrten das Laub auf den Gehweg während sie nach Würmern im feuchten Erdreich suchten.

Ein Fahrzeug kam ihm entgegen. Als er sah, dass es die Bendigs waren, winkte er und das Auto hielt an.

Zu seinem Erschrecken sah Ina Bendig sehr schlecht aus. Ihre Haut war fahl, nicht weiß, ein kränkliches grau und wenn sie ihre Augen schloss, sah er die blauen Adern auf den Augenlidern.

»Hallo, guten Morgen! Tut mir leid, dass Sie das gestern mitangehört haben, Herr Bendig. Dies ist jetzt natürlich nicht der richtige Ort, um darüber zu sprechen.«

Helmut Bendig wirkte aufgewühlt, seine Bewegungen waren fahrig.

»Ist alles in Ordnung mit Ihnen?« Schönbohm klang besorgt.

»Ja, ja, es ist nichts.« Er blickte zu Ina, die aus dem Beifahrerfenster blickte und abwesend schien. »Wir haben unseren Kurzurlaub vorverlegt.«

Schönbohm nickte stumm und betroffen. »Ich wünsche Ihnen einen wunderbaren Urlaub«, sagte er und meinte es auch so. Bendig machte Anstalten, das Fenster eilig zu schließen, doch Schönbohm stoppte ihn. Bendigs Atmung war schneller geworden.

»Herr Bendig, was war das mit Lasse Weber und dem Aquarium? Das möchte ich gerne noch wissen.«

Der alte Mann lächelte traurig. »Es war ein Ausflug mit der Schulklasse. Ein paar Kinder durften mit Delfinen ins Wasser gehen. Der Lasse war eins dieser Kinder. Sie müssen über Delfine wissen, dass diese ganz bewusst und aktiv atmen. Das ist bei denen kein Reflex. Na ja und während die anderen zwei Kinder mit ihren Delfinen spielten, entschloss sich der Delfin von Lasse, dass er nicht mehr leben will. Er hat aufgehört zu atmen. Einfach aufgehört.«

Schönbohms Augen traten fast aus den Höhlen.

»Sie können sich vorstellen, was sowas mit einem Kind macht, oder? Ein Tier bringt sich lieber um, statt

mit einem zu spielen.« Helmut Bendig schüttelte traurig den Kopf. »Aber manchmal ist das wohl die einzige Freiheit, die wir im Leben haben.« Ohne ein weiteres Wort schloss er das Fenster und fuhr davon.
Zum Abschied hob Schönbohm die Hand und sah zu,
wie sich das Fahrzeug entfernte. Er fühlte Traurigkeit
in sich aufsteigen. Krebs war etwas Schreckliches. Er
schüttelte den Kopf und zuckte zusammen als es hinter ihm hupte. Weber saß in einem roten Smart For
Two. Schönbohm schickte ein Stoßgebet gen Himmel,
dass er jetzt bitte aufwachen möge, doch es war kein
Traum. Er ging zum Auto und öffnete die Beifahrerseite.

»Weber, an welchen Gelenken haben Sie sich denn
gefaltet, dass Sie in diese Konservendose passen?«

»Ich habe nicht gesagt, dass es bequem ist, aber immerhin ist es angenehmer als mit dem Rad zu fahren.
Mein Vater hat mir aber das Versprechen abgerungen,
dass ich Sie auf keinen Fall fahren lasse. Er sagte, Sie
wären ein Verkehrsrowdy.«

Schönbohm setzte sich in das Auto und verschränkte die Arme vor der Brust. »Verkehrsrowdy...
Das war eine Verfolgung.«

»Aber ich hatte Sie darauf hingewiesen, dass Sie
nicht überholen sollen.«

»Ist ja gut«, sagte er mürrisch. »Abgesehen davon
glaube ich nicht, dass dieses Ding hier schnell fahren
kann.«

»Für meine Eltern reicht es.«

»Fährt Ihr Vater sonst nicht große Traktoren?«

Weber nickte eifrig, während er das Auto um eine
Kurve lenkte. »Ja, das ist schon lustig, nicht? Den
größten Trecker und das kleinste Auto. Aber immerhin ein Coupé!«

Sie fuhren ein paar Minuten bis hinter einem kleinen Wäldchen ein Schrottplatz erkennbar wurde. Das Tor stand offen und Weber fuhr hinein, entschied sich jedoch, im Auto zu warten. Der Schrottplatzbetreiber, Herr Wu, kam sofort aus seinem Büro. Für einen kleinen Ort wie Pullstedt war er auffällig exzentrisch gekleidet: Ein langärmeliges Hawaiihemd mit schwarzer Krawatte zu einer schwarzen Anzughose, schwarze Lederschnürschuhe, die vorne spitz zuliefen und an seinem Handgelenk prangte eine große goldene Uhr, die nur noch von großen Goldringen an den Fingern übertroffen wurde. Auf seiner Nase saß eine große Brille mit getönten Gläsern. Seine Stimme war wie Samt als er akzentfrei sprach. »Ist das ein Gänsebiss?« Er legte nachdenklich Daumen und Zeigefinger ans Kinn.

»Ja, ist es. Schönen Schrottplatz haben Sie hier.«

Er drehte sich ein wenig zur Seite, um sich das scheinbare Schrottchaos noch einmal anzusehen. Er erkannte schnell, dass der Schrott allerdings sehr sorgfältig geordnet zu sein schien.

»Danke, Sie sind zu freundlich. Wie dem auch sei... Mir hat jemand zwei große Fässer geklaut. Ich brauche diese Fässer für meine... Arbeit.« Ein gutmütiges Lächeln war wie in sein Gesicht gemeißelt.

»Haben Sie einen Verdacht, wer diese Fässer entwendet haben könnte?«

»Ich will natürlich niemanden zu Unrecht beschuldigen, aber ich habe den Notarztwagen hier gesehen und wie Ihnen vielleicht aufgefallen ist, befindet sich weit und breit kein anderes Gebäude hier.« Seine Augen verengten sich zu einem gefährlichen Blick aber sein liebenswürdiges Lächeln war unverändert.

Schönbohm fühlte sich unbehaglich. »Wenn Sie die Fässer nicht finden, werde ich sie suchen müssen.«

Es herrschte einige Sekunden Stille, dann brach Wu in gackerndes Gelächter aus, dass so überhaupt nicht zu seiner angenehmen Stimme passte.

»Das war ein Scherz, das war ein Scherz!« Leicht schlug er Schönbohm auf den Oberarm und hielt sich dann den Bauch. »Nur ein kleiner Scherz.«

»Ähm, ja, ha, haha, wir werden die Fässer finden, Herr Wu.«

»Gut, dann.... Arrividerci!« Der Chinese winkte zum Gruß und wackelte dabei mit allen Fingern der gehobenen Hand.

So schnell wie Schönbohm konnte, ohne dabei auffällig zu sein, ging er zum Auto zurück. Er wagte es nicht, sich umzudrehen und zurückzublicken. Als er die Tür geschlossen hatte, atmete er durch. »Deshalb sind Sie also im Auto geblieben. Was ist das für ein Mann? Der ist wirklich unheimlich!«

»Das ist nur Herr Wu!«

»Das ist nur Herr Wu?«, echote Schönbohm. »Wenn das nur Herr Wu ist, warum haben Sie sich dann krampfhaft geweigert, aus dem Auto auszusteigen?«

Weber zog eine Schnute. »Weil da draußen alles matschig ist und ich meine Dienstschuhe nicht schon wieder putzen will. Das habe ich erst gestern gemacht.«

»Weber, ich habe den bösen Verdacht, dass der Lüdermann die Fässer geklaut hat. Wu sagte, ein Notarztwagen sei hier gewesen. Klingt doch nach Lüdermann, nicht?«

»Fahren wir einfach mal bei ihm zu Hause vorbei.«

Als sie bei Lüdermann ankamen, war seine Mutter, Ulla Lüdermann, bereits an der Tür.

»Hallo Jungs«, schnurrte die kleine dickliche Dame mit der hängenden Nase und den schmalen, rot geschminkten Lippen.

»Oh, ist das ein Gänsebiss?« Sie blickte überrascht und verzog mitfühlend das Gesicht, dann zwickte sie Schönbohm in die Wange. »Da musst du Schnitzel drauflegen, Schätzchen.«

»Ist das nicht nur für blaue Augen? Mit einem Steak?« fragte Weber spitzfindig.

Sie machte eine abwinkende Handbewegung. »Was kann ich für euch tun? Ich wollte gerade weg.«

»Wir suchen den Micha.«

»Herr Wu vom Schrottplatz hat gemeldet, dass jemand mit einem Notarztwagen zwei große Fässer entwendet hat«, fügte Schönbohm hinzu.

»Der Wu vom Schrottplatz?«

Schönbohm nickte. »Er sagte, er würde die Fässer finden, wenn wir sie nicht finden.«

Ulla Lüdermann ging einen Schritt zurück in die noch offenstehende Haustür und schrie nach ihrem Sohn, der kurz darauf in Jogginghose, T-Shirt und braunen Lederlatschen erschien. Er war vollkommen unvorbereitet auf die klatschende Ohrfeige, die ihn traf und aus dem Sichtfeld der draußen wartenden Polizeibeamten beförderte. Als er wieder zum Vorschein kam, war seine Wange leuchtend rot.

»Hast du Fässer von Wu geklaut?«

»Nein.« Es klang eher fragend.

»Hast du Fässer von Wu geklaut? Ich frage nicht noch einmal, Michael Christopherus Lüdermann!«

Schönbohm wusste aus Erfahrung, dass man geliefert ist, wenn die Mutter den vollen Namen sagte.

»Ja, okay, ich brauche die für mein Pullstedter Power Pils.«

»Selbstverständlich können die Fässer nicht einfach so geklaut werden.«

Weber korrigierte Schönbohm freundlich: »Das ist nicht politisch korrekt. Das nennt sich jetzt: spontane Eigentumsübertragung ohne Zustimmung.«

»Vielen Dank, Herr Weber.« Schönbohm wandte sich wieder an Lüdermann. »Ich fordere Sie auf, die Fässer herauszugeben.«

»Wenn du sie ihm nicht zurückgibst, holt er sie sich, hat er gesagt!« Die Stimme seiner Mutter war verärgert. Sie schlug ihm auf den Hinterkopf. »Du alter Trottel!«

»Aber was ist denn die beste Nutzung für die Fässer? Allgemeinwirtschaftlich betrachtet ist es doch wohl das Brauen von Bier und nicht das Auflösen von Leuten in Säure.«

»Was?« fragte Schönbohm.

»Was?« echote Lüdermann.

»Was haben Sie eben gesagt?«

»Das war nur ein Scherz, haha. Natürlich. Ich meine natürlich, dass ich dachte, ich kann die Fässer besser nutzen. Meine Annahme war, sie stehen da mehr oder weniger sinnlos auf dem Schrottplatz und werden nicht mehr benötigt.« Er zuckte mit den Achseln.

Ulla Lüdermann schüttelte währenddessen immer wieder den Kopf und hatte ihre Lippen so fest zusammengekniffen, dass man nichts mehr von dem signalroten Lippenstift sehen konnte.

»Dann möchte ich Sie bitten, die Fässer umgehend zum Schrottplatz zurückzubringen.«

Lüdermann schüttelte den Kopf. »Nee, ich muss warten bis meine Schicht anfängt. Ich kann die nicht mit dem Fahrrad hochbringen.«

»Ich werde schon dafür sorgen, dass er die Fässer zurückbringt. Denn sonst wird er sein blaues Wunder erleben und sich wünschen, ich hätte ihn damals geschluckt!«

Schönbohm räusperte sich. »Gut, dann werde ich gleich Herrn Wu anrufen und ihm sagen, dass Sie in den nächsten Stunden die Fässer zurückbringen und ihn nicht mehr belästigen.«

»Machen Sie das!« Ullas Stimme war energisch. »Danke, dass ihr hier gewesen seid, Jungs! Macht es gut!«

»Schöner Gänsebiss«, rief Micha Lüdermann hinterher als Weber und Schönbohm bereits auf dem Weg zum Auto waren. Sie hörten es herzhaft klatschen und ein ersticktes »Au«.

»Stellen Sie sich vor, der Lüdermann und Lohmann tun sich zusammen mit Alkohol und Pillen«, schnaufte Schönbohm als er im Auto saß und sich anschnallte.

»Und dazu schlechtes Entertainment mit einem fetten Elvis.«

Weber und Schönbohm lachten.

»Aber was ist das, dass alle Angst vor Herrn Wu haben?«

Weber fuhr Richtung Wache. »Sie haben ihn doch gesehen. Er hat irgendetwas Gruseliges an sich. Man kann nicht so richtig einschätzen, ob er seine grenzwertigen Scherze ernst meint, oder nicht. Wahrscheinlich ist er vollkommen harmlos, aber er macht mir Gänsehaut. Aber für uns ist es doch gut. Wir drohen einfach immer mit Wu.«

Auf dem Weg zu Webers Eltern, um das Auto zurückzubringen, sah Schönbohm die Gänse. Vorsichtig stieß er Weber an. »Jetzt mit dem Auto könnten Sie Rache an den Gänsen nehmen.«

»Ich weiß, dass Sie das als Scherz meinen, aber es hat tatsächlich mal jemand eine Gans überfahren. Er wartete mehrere Minuten im Auto, wollte sie dann von der Straße scheuchen und wurde attackiert. Er ist dann ins Auto gesprungen und losgefahren. Dabei hat er eine platt gemacht. Die Röllkes haben ihn dann tatsächlich verklagt und Geld für eine neue Gans bekommen. Inklusive Schmerzensgeld, weil das die Lieblingsgans der Tochter war, die dadurch emotionalen Schaden erlitt.« Er schüttelte ungläubig den Kopf.

»Interessante Familie.«

»Sie haben ja gar keine Ahnung.«

Nach einem kurzen Schweigen suchte Schönbohm das Gespräch. »Als ich vorhin auf Sie gewartet habe, kamen die Bendigs an mir vorbei. Sie waren auf den Weg zu ihrem Kurzurlaub. Ich denke, der letzte Urlaub.«

»Warum das? Habe ich was verpasst?«

»Frau Bendig hat doch Krebs. Darmkrebs.«

»Oh. Hatten wir das Thema nicht erst? Mit Frau Jänner?«

»Ja, stimmt. Krebs war schon immer eine Katastrophe.«

»Seit Frau Eichmann den Zettel vorgelesen hat, frage ich mich die ganze Zeit, weshalb Herr Bendig das runtergespielt hat.«

»Was meinen Sie?«

»Na ja«, sagte Weber als er das Auto parkte, »als Sie ihn fragten, ob er das lesen könne, hatte er genau das gemacht. Gelesen. Und dann hat er behauptet, er würde es nicht richtig entziffern können und daraus eine Belanglosigkeit gemacht. Aber selbst, wenn man nur einen kleinen Teil davon entziffern kann, dann weiß man, dass das kein Alltagsstreit mit dem Ehemann war. Dann hätte er gefragt, wer Karina ist. Ein Baby, ein lebendiges Baby im Brunnen versenken, das ist doch nichts Belangloses.«

Schönbohm legte die Hand an den Mund. Er hatte die Reaktion Bendigs komplett falsch interpretiert. Ganz naiv hatte er geglaubt, der alte Mann konnte nach so langer Zeit wirklich kein Sütterlin mehr lesen. Er griff in seine Jackentasche und holte sein Telefon hervor und suchte eine Nummer, die er dann anrief.

»Hallo Herr Erler, ich weiß, dass Pullstedt auf der Prioritätenliste nicht weit oben steht, aber um noch einmal auf die erstochene Immobilienmaklerin zurückzukommen, ähm, könnte die Tatwaffe eine alte Hutnadel gewesen sein?« Er nickte lauschend. »Ich werde Ihnen die Hutnadel zuschicken, allerdings sage ich bereits an dieser Stelle, dass sie bereits durch mehrere Hände gegangen ist. Okay, dann ist ja alles klar. Tschüss«

»Aber Cheffe...« Weber stieg aus und sah Schönbohm über das Autodach an, der ebenfalls ausgestiegen war. »Denken Sie...?«

»Weber, warum haben wir das nicht gleich gesehen? 'Karina' hat die Jänner geschrieben. Und wie lässt sich Frau Bendig nennen? Ina! Sie hat meiner Frau eine Hutnadel geschenkt, die ihrer Mutter gehört haben soll. Und Yvonne Hülsebusch wurde erstochen mit einer Tatwaffe, die wie eine überdimensionierte Nadel sein soll! Ja, und was sagte der Schladerbusch? Dass er Angst hatte, dass ihm Frau Jänner mit einer Hutnadel die Augen aussticht, wenn sie zu lange anguckt!«

»Scheiße«, flüsterte Weber. »Doch ein altes, mordendes Mädchen!«

»Und Ina Bendig ist nicht einfach nur eine Pflegerin gewesen. Sie ist die Schwester! Als wir gestern darüber gesprochen haben, hatte ich eine entscheidende Sache vergessen! Das Medaillon mit dem eingeritzten Buchstaben K! K für Karina! Wäre sie lediglich eine Arbeiterin auf dem Jännerhof gewesen, hätte man den Buchstaben nicht eingeritzt. Und mehr noch, dann hätte man sie doch gekannt! Dann hätte nicht der Jänner selbst alles allein gemacht, dann hätte sie geholfen. Dann hätte der Vater oder Großvater vom Schladerbusch gesagt, der Jänner hat die Magd auf der Straße verprügelt. Aber keiner kannte sie. Wir müssen nach Winkelsmühle und Ina Bendig befragen! Ich will wissen, was passiert ist!«

Beide Männer rissen zeitgleich die Autotüren auf.

»Stehen geblieben, junger Mann!« Frau Weber erschien auf dem großen Bauernhof. »Dein Vater hat dir vorhin gesagt, dass du das Auto zurückbringen sollst, weil ich es brauche. Ich muss Einkaufen fahren. Du weißt, dass morgen Edeltraud Geburtstag hat und ich muss einkaufen, weil ich einen Kuchen backen will!«

»Ist das jetzt ein schlechter Scherz, Mama?«

Ihr Blick war streng, aber sie antwortete nicht.

»Mama, wir sind dienstlich unterwegs. Wir müssen eine Festnahme vornehmen!«

»Aber nicht mit diesem Auto, du Dummkopf! Wo soll da denn noch jemand reinpassen?!« Mutter Weber zog die linke Augenbraue hoch.

»Scheiße!« Weber kramte in seiner Tasche.

»Du sollst doch nicht so hässlich sprechen!«

Schönbohm betrachtete stumm das familiäre Geplänkel und Weber hatte bereits das Telefon am Ohr.

»Burak, wir brauchen deine Hilfe! Ich bräuchte dienstlich dein Auto. Wenn du willst, werfe ich als Werbung auch ein paar deiner Tüten aus dem Fenster, aber es ist dringend! Danke, Mann!« Er beendete das Telefonat und steckte das Smartphone in die Tasche. »Kommen Sie, wir gehen ihm entgegen. Burak leiht uns sein Auto.«

Auf halber Strecke trafen sie auf Burak.

»Wow,« sagte Schönbohm heiser mit großen Kinderaugen.

»Hallo mein Freund in blau«, lachte Burak, der ausgestiegen war, und schüttelte ihm nicht nur die Hand, sondern bugsierte ihn auch ins Auto. »Ich würde sehr gerne mitkommen, aber ich kann nicht. Ich muss noch ein bisschen vorbereiten. Fahr vorsichtig, Lasse!«

»Kein Problem, mache ich, Burak!« Lasse Weber schwang sich hinter das Lenkrad des Tesla Plaid Model S und ließ den Motor aufheulen. Ein satter Ton. »Schnallen Sie sich an!«

Sie kamen schneller in Winkelsmühle an als es bei Schönbohms letzten Besuch der Fall gewesen war und mit wackelnden Knien stand er aus.

»Wieviel kann man denn mit Börek verdienen?«

»Das müssen Sie Burak fragen.«

»Weber, wir haben eindeutig den falschen Beruf.«

Sie lachten und dann deutete Schönbohm auf einen Parkplatz. »Dort, das Auto der Bendigs.«

Weber ging zum Auto und späte durch die Scheibe, kopfschüttelnd kam er zurück. Nichts Auffälliges.«

Im Foyer angekommen, sprach Schönbohm die Frau am Empfang an. Er stellte sich und Weber vor und bat darum, bei den Bendigs im Zimmer anzurufen, damit sie ihn empfingen.

Noch mit dem Telefonhörer am Ohr schüttelte sie dann den Kopf. »Es nimmt keiner ab. Ich denke, ich habe bei der Schichtübergabe gesehen, dass das ältere Paar weggegangen ist.«

Schönbohm fiel es schwer, es auszusprechen. »Öffnen Sie bitte das Hotelzimmer. Frau Bendig ist verdächtig, einen Mord begangen zu haben.«

Die Empfangsdame, die laut Namensschild »Ruprecht« hieß, war blass geworden. »Einen Moment, ich klingele nach dem General Manager.«

Wenige Zeit später erschien ein Mann im blauen Anzug mit Goldknöpfen. »Es gibt ein Problem?« Seine Augenbrauen waren fragend angehoben und sein Kinn vorgeschoben.

»Die Herren sind von der Polizei. Herr Schönbohm und Herr Weber.«

Sie gaben einander die Hände und Schönbohm ergriff das Wort. Er sprach leise. »Eine ältere Dame, die hier gastiert steht unter Tatverdacht, zwei Personen ermordet zu haben. Ich möchte gerne in das Zimmer.«

Wortlos nickte der General Manager und führte sie voran. Beim Zimmer angekommen, klopfte er einmal, dann öffnete er mit dem Generalschlüssel. Schönbohm schob den Mann vorsichtig zur Seite und die beiden Polizisten betraten vorsichtig den Raum, doch dieser war leer. Von Ina und Helmut Bendig war keine Spur zu sehen. Auf dem Beistelltisch bei der Tür lag ein Briefumschlag. Darauf stand Schönbohms Name. Weber nickte ihm ermutigend zu. Schönbohm nahm den Brief und öffnete ihn. Stumm las er die ersten

Zeilen, dann fuhr er sich durch das Haar und gab ein schweres Seufzen von sich. Dann las er vor:

»Herr Schönbohm,

wenn Sie diesen Brief lesen, wissen Sie vermutlich fast alles. Helmut schreibt diesen Brief für mich, aber es ist mein Geständnis. Helmut hat nichts damit zu tun. Aber lassen Sie mich von vorne anfangen.

Sie haben die Pflegerin von Fritz gesucht. Ich war die Pflegerin. Ich habe ihn einfach aus dem Krankenhaus mitgenommen. Ich habe mich immer um ihn gekümmert, aber ich war ein Familiengeheimnis.

Früher war alles anders als heute. Mein Vater wollte einen Sohn. Also wurde ich eingesperrt und versteckt. Keine Schule, kein Familienleben, nichts. Ich lebte in einer kleinen Kammer, meist allein. Ich konnte die Frage, ob es so eine große Schande war, eine Tochter zu haben, nie beantworten. Aber ich habe mich von diesen Fragen befreit. Meine Eltern haben die Antworten mit ins Grab genommen.

Und ich traf Helmut, wir verliebten uns. Aber offiziell existierte ich ja nicht. Ich hatte keine Dokumente. Aber viele hatten das Problem nach dem Krieg. Ich konnte eine andere Person werden. Ich wurde Ina Bendig. Karina Jänner war tot. Karina Jänner hatte nie gelebt.

Helmut sagte mir, Sie haben erfahren, was damals passiert ist als ich 15 Jahre alt war. Mein Vater tötete unser Kind. Er warf es in den Brunnen.

Den darauffolgenden Sonntag als alle in der Kirche waren, kam Helmut und holte mich. Wir gingen fort und kamen erst wieder als unsere Eltern tot waren. Ich wollte mich nicht dafür schämen, wer ich war oder was mit mir passiert war. Sie wissen wie die Leute in Pullstedt schwatzen.

Das Haus war mein Gefängnis und mein ganzes Leben gewesen und die Ruhestätte des Kindes.

Wir konnten es uns nicht leisten, das Haus zu kaufen und offiziell war ich nicht Fritz Schwester, sodass ich nicht erbberechtigt war.

Herrn Zimmermann wollte ich nicht umbringen. Es war ein Unfall. Wir stritten, er kam näher, aber aus Reflex stieß ich ihn weg. Er verlor auf dem unebenen Boden das Gleichgewicht und stürzte. Das müssen Sie mir glauben.

Die Maklerin hingegen habe ich getötet. Leider. Und es tut mir leid, dass ich Ihrer Kala die Hutnadel, mit der ich es getan habe, geschenkt habe.

Ich hatte zufällig gesehen, dass sie im Haus war. Sie ließ mich hinein und sie las mir amüsiert Notizen meiner Mutter vor. Sie fand das alles so unglaublich amüsant. Aber mein Herz fing an zu rasen. Diese Geschichte, war unsere Tragödie, verstehen Sie? Und diese fremde Frau machte sich darüber lustig. Sie wanderte bei Lesen umher und in der Küche spitzte sich die Situation zu. Ich hatte ihr gesagt, sie soll mir die Papiere geben, aber sie wollte nicht. Natürlich verstand sie nicht, weshalb ich sie haben wollte. Sie wollte sie verbrennen. Aber in den Notizen und Tagebüchern standen vielleicht die Antworten zu meinen Fragen. Hatten mich meine Eltern je geliebt?«

Schönbohm räusperte sich und dachte an das Medaillon und dem eingekerbten Buchstaben K.

»Ja«, flüsterte er leise.

Er las weiter:

»Und manchmal setzt der Verstand aus. Ein Wort folgte auf das Nächste und natürlich war die Situation für mich besonders emotional aufgeladen. Ich erinnere mich nur noch daran, wie ich die Hutnadel in der Hand hielt und die Frau am Boden lag.

Und Sie waren mir verdächtig nahegekommen, deshalb legte ich das Feuer. Ich dachte, ich brauche die Antworten in diesem Leben nicht mehr. Wenn mein Leben bald zu Ende ist, frage ich meine Eltern selbst.

Herr Schönbohm, es tut mir leid, dass ich Ihnen keine Fragen beantworte. Eine, der Freiheiten, die ich mir erlaube.

Leben Sie wohl,
Ihre Ina Bendig«

Ein zittriges X war ihre Unterschrift.

»Junge, Junge«, sagte Weber und atmete laut aus. »Das ist harter Tobak. Wir müssen sie finden, Chef!«

Schönbohm war zum Fenster gegangen und blickte auf die Wellen, die an den Strand spülten. Er schüttelte den Kopf. »Delfine, Weber.«

»Hier in Winkelsmühle Delfine?« Weber drängte sich neben Schönbohm ans Fenster. »Ich sehe nichts.«

»Die Bendigs sind fort. Sie schwimmen mit den Delfinen.«

EPILOG

Es war im Dezember als der Anruf in der Dienststelle Pullstedt einging. Die Kollegen an der Küste hatten zwei Körper im Wasser gefunden. Aneinander befestigt, mit den Ausweisen in Folie in der Innentasche einer Jacke.

Die Körper wurden überführt und von »Starke Bestattungen, Inhaberin Kala Goraya« bestattet.

Marco Schönbohm beantragte, dass der Brunnen des Jännerhofs ausgehoben wurde, um die Aussage der Ina Bendig zu verifizieren. Sie fanden in der Tat einen kleinen Schädel. Dieser wurde zusammen Ina und Helmut Bendig bestattet.

Am zweiten Januar saßen Lasse Weber und Barbara Rautmann im Büro und fragten sich bei Tassenkuchen und Sprühsahne, was wohl mit ihrem Dienststellenleiter war, da dieser noch nicht an seinem Schreibtisch war. Anrufe auf sein Telefon gingen direkt an die Mobilbox.

Ein Weihnachtsgesteck aus trockener Tanne mit einer brennenden Kerze stand auf dem Schreibtisch, den Frau Rautmann nie benutzte. Barbara Rautmann, deren Minipli schon ein bisschen länger geworden war, hielt in der Bewegung inne und lauschte. »Er hat gute Laune, das höre ich an seinen Schritten.« Dann sprühte sie sich Sahne in den Mund und bemerkte gar

nicht, dass Weber sie vorwurfsvoll und böse anfun-
kelte.

Schönbohm hatte die Tür schwungvoll geöffnet
und trat seitlich ein, in den Händen trug er vorsichtig
einen Karton.

»Weber, ich habe etwas für Sie. Ich habe mir lange
Gedanken darüber gemacht.«

Ein undefinierbares Geräusch kam aus dem Karton.

»Ich glaube nicht an Zigeunerflüche, egal wie sehr
die Augen zucken.« Er stellte den Karton auf den
Tisch. »Vorsichtig, ja?«

Weber und die Rautmann beugten sich vor und
langsam hob der junge Mann den Deckel an. Frau
Rautmann hielt die Luft an, um dann umso lauter zu
schreien. Ihr Schrei wurde aus dem Karton erwidert.

»Oh mein Gott«, keuchte sie, »Sind das etwa Hoden?«

»Hoden?« fragte Schönbohm entgeistert.

»Das sind riesengroße, schrumpelige Hoden.« Sie
würgte theatralisch als Weber in den Karton griff und
erst ein, dann zwei nackte Meerschweinchen in den
Armen hielt.

»Es sind Skinny-Schweinchen, Frau Rautmann!«
Schönbohms klang empört.

»Gut, aber mussten es gleich so hässliche Exemp-
lare sein?« Sie würgte erneut.

»Herr Weber hat eine Tierhaarallergie!«

Eins der Schweinchen quiekte und Frau Rautmann
unterdrückte ein Würgen. »Quietschende Hoden.«

»Die Hoden, die Sie schon gesehen haben, machten
garantiert noch ganz andere Geräusche«, brummte
Weber, der verzückt über die Schweinchen gluckte.
»Ich nenne sie Bobo und Barbara.«

»Das sind aber zwei, äh, Eber? Rüden? Wie sagt man bei Meerschweinen? Männer!«

»Ja«, sagte Weber nickend. »Bobo und Barbara.«

Die Dienststelle Pullstedt wurde weiterhin überdurchschnittlich kurz vor Dienstschluss frequentiert, ganz zum Leidwesen des Dienststellenleiters.

Udo Sonnemann blieb Bürgermeister von Pullstedt, obwohl er keine Werbung für sich machte.

Herr Wu vom Schrottplatz erhielt seine Fässer anstandslos zurück.

Der fette Elvis war über die Feiertage komplett ausgebucht und beglückte ältere Damen in Seniorenheimen... musikalisch.

Ingo Hopf und Micha Lüdermann begruben das Kriegsbeil und haben gemeinsame Pläne für Pullstedter Powerpils.

Burak erhielt seinen Tesla unbeschadet zurück und spielt regelmäßig mit Weber und Schönbohm Dart.

Buraks Börek Bude bleibt weiterhin die beliebteste Anlaufstelle in der Pullstedter Gastronomie.

Dr. Bremer versucht, seine Situation effektiv zu nutzen und will zukünftig zwei Personen gleichzeitig behandeln. Er plant die ersten olympischen FKK-Spiele in Pullstedt.

Die Gänse überlebten zum Leidwesen aller Pullstedter die Weihnachtsfeiertage und terrorisieren auch im neuen Jahr bevorzugt Lasse Weber.

Staatsanwältin Lisa Böning wurde einige Male in Pullstedt gesichtet. Ob sie sich dort mit einem gewissen Jungpolizisten traf, ist reine Spekulation.

Frau Eichmann erwägt nach ihrem Kidnapping einen Umzug in die Stadt zu ihrer Tochter, wo sie sich sicherer fühlt.

Dieter Anrheiner vom Pullstedter Express legte einen Zwangsurlaub ein. Grund dafür war sein Artikel »Weihnachten ist vorbei, jetzt kommt der Scheiße-das-Grab-ist-leer-Tag – bei manchen bekannt als Ostern, in Pullstedt bekannt als Montag bis Sonntag«, der nicht bei jedem gut ankam.

Der große Herpesausbruch von 1991 wurde laut Gesundheitsamt vermutlich deshalb ausgelöst, weil zwei Damen fortgeschrittenen Alters anfingen, sich gegenseitig zu bespucken. Die Situation eskalierte und erst ein Sondereinsatzkommando konnte die Situation unter Kontrolle bringen.

Barbara Rautmann übt weiterhin mehrere Minijobs gleichzeitig aus. Ihre Lieblingsarbeit ist jedoch die bei der Polizei, was wahrscheinlich an der schnellen Internetverbindung liegt. Sie weigert sich noch immer, Salat zu essen.

Pullstedt steht weiterhin auf der Prioritätenliste nicht weit oben.